Zacharias Heyes

DER KLEINE MÖNCH UND DAS GESCHENKTE VERTRAUEN

Die Geschichte des kleinen Mönchs
wird erzählt von Matthias E. Gahr

Zacharias Heyes

Der kleine Mönch und das geschenkte Vertrauen

Vier-Türme-Verlag

Inhalt

Etwas nervös trat der kleine Mönch aus seiner Zelle und schloss die Tür hinter sich. Er hatte miserabel geschlafen. Was der Abt wohl von ihm wollte? Gestern Abend, nach dem Essen hatte er den kleinen Mönch beiseite genommen und ihn gebeten, heute vor dem Mittagsgebet in sein Arbeitszimmer zu kommen.

»In sein Arbeitszimmer ...«, grübelte der kleine Mönch zum hundertsten Mal, als er mit etwas unsicheren Schritten den langen Flur entlangging. »Sonst lädt der Abt mich immer ein, im Garten mit ihm spazieren zu gehen, oder er besucht mich in der Küche. In sein Arbeitszimmer wurde ich noch nicht bestellt; das ist bestimmt wichtig ...«

Und wie schon die ganze Nacht überlegte er wieder von vorne: Hatte er etwas falsch gemacht? Hatte er beim Spülen des Geschirrs in der Klosterküche zu laut gesungen? Hatte der Abt bemerkt, dass er manchmal im Chorgebet etwas unaufmerksam war? Hatte er vergessen, im Garten die Salatköpfe zu gießen? Oje, ihm fielen so viele Dinge ein.

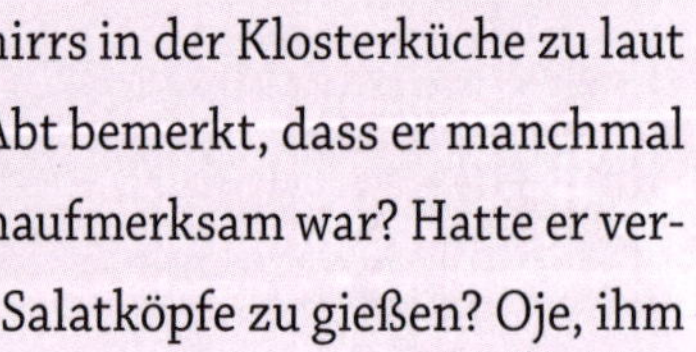

Und so kam er in Gedanken versunken an der Tür zum Arbeitszimmer des Abtes an. Er atmete tief durch und klopfte vorsichtig. »Herein!«, rief der Abt von drinnen. Der kleine Mönch trat ein. Der Abt stand gut gelaunt am Regal und nahm ein paar Bücher heraus. »Urlaubslektüre, weißt du?«, sagte er fröhlich. »Ich fahre nämlich ein paar Tage weg! Ach, und ich hätte da eine Bitte an dich!«

»Ja … gerne«, stotterte der kleine Mönch, der irgendwie etwas ganz anderes erwartet hatte.

Der Abt legte die Bücher in den bereitstehenden Rucksack und sagte wie nebenbei: »Ich möchte, dass du in der Zwischenzeit unser Kloster leitest.«

Der kleine Mönch konnte nicht glauben, was er eben gehört hatte. Er schnappte nach Luft und fand kaum Worte. »Ich ... aber ich ...«

»Ach, das schaffst du«, fiel ihm der Abt ins Wort, »Ich vertraue dir!«

Die Spirale

Die Erfahrung des kleinen Mönchs ist nur allzu menschlich: Eine ganz normale Alltagssituation, jemand sagt etwas zu mir und löst damit Gedanken und Gefühle in mir aus. Und beinahe reflexhaft denke ich dann oft wie der kleine Mönch sofort: »Ich habe etwas falsch gemacht.« Denn wenn der Abt ihn doch in sein Arbeitszimmer bestellt und nicht wie sonst mit ihm entspannt im Garten spazieren geht, dann muss das etwas heißen. Angst hat ihn im Griff – die Angst, einen Fehler gemacht zu haben und dafür abgemahnt zu werden, vielleicht sogar eine Strafe zu bekommen. Sofort startet das Gedankenkarussell, was denn der Fehler gewesen sein könnte.

Doch woher kommt dieser Reflex, sich immer gleich schuldig zu fühlen oder Angst zu haben vor Fehlern, die uns vielleicht unterlaufen sind? Der Weg des Mönchs ist immer auch ein Weg der Selbsterkenntnis. Denn bevor ich Gott finden kann, muss ich wissen, wer ich selbst bin, davon ist zum Beispiel unser Ordensgründer Benedikt überzeugt. Das meint aber auch, dass ich mich auf den Weg machen muss, den Menschen in mir zu entdecken, der ich von meinem Wesen her bin – so, wie Gott mich geschaffen und es sich gedacht hat. Nicht erst die Psychologie, sondern schon die Lebenserfahrung der ersten Mönche in der ägyptischen Wüste zeigt, dass zu jedem Menschen auch seine sogenannten Schattenseiten gehören. Das sind all jene Seiten in mir, die mich an meiner Lebendigkeit hindern, die mich blockieren, die mich nicht mich selbst sein lassen. Wer also versucht, herauszufinden, wer er ist, was ihn ausmacht, wird über kurz oder lang auf diesen seinen Schatten stoßen.

Diesem kann man leicht mit Fragen auf die Spur kommen. Zum Beispiel: Was verhindert Lebendigkeit? Was verhindert meine Lebendigkeit, wo fühle ich mich eingeengt und begrenzt? Zu einem solchen Schatten gehören auch die Muster der Angst in mir. Der kleine Mönch ist in seiner Angst ganz gefangen, die sich wie eine Spirale die ganze Nacht und immer weiter und immer höher dreht, bis er endlich vor dem Arbeitszimmer des Abts steht.

Das erinnert mich an eine Frau, die mir von ihrer Großmutter erzählte. Nach dem Tod ihres Mannes ist sie fast nicht mehr aus dem Haus gegangen. Sie war immer schon ein ängstlicher Mensch. Jetzt aber wuchs diese Angst noch weiter und wurde immer mächtiger. Es war ihre Angst vor der Welt und damit verbunden eine negative Sicht darauf. In ihrem Alleinsein hatte sie sich da noch hineingesteigert und als sie später sehr krank war und wusste, dass sie sterben würde, sagte sie immer zu ihren Kindern: »Ihr kommt auch noch dran.« Die Angst vor dem Leben war wie eine Spirale, die sich in immer engeren Windungen immer mehr nach oben geschraubt hatte und die sie nicht steuern konnte. Diese Angst und Ängstlichkeit übertrugen sich früh auf ihre Kinder. Als diese vor ihrer Berufswahl standen, wagten sie es nicht, den erträumten Beruf zu erlernen, weil er ihnen zu unsicher schien und die Mutter ihnen vor dieser Entscheidung Angst machte, indem sie sagte, sie würden das nicht schaffen, weil sie zu diesem Beruf nicht fähig seien.

Solche schon in der Kindheit und der Erziehung grundgelegten und lebenshinderlichen Ängste überträgt man später nicht selten auf Autoritäten – solche, die einem als Vorgesetzte tatsächlich etwas zu sagen haben, und solche, die man selbst als Autoritäten für das eigene Leben auswählt.

Geht man ins Kloster, kann es passieren, dass man Angsterfahrungen, gerade solche, die man zum Beispiel von den Eltern übernommen hat, automatisch auf die »Väter« oder »Mütter«, sprich Obere überträgt. Hat man einen strengen Vater erlebt, vielleicht sogar Angst vor Bestrafung gehabt, wird man – ähnlich wie der kleine Mönch – zusammenzucken, wenn man von einem solchen Oberen angesprochen wird, und sich gleich fragen: »Was habe ich jetzt schon wieder falsch gemacht?«, selbst wenn man sich eigentlich keiner Schuld bewusst ist. Eine »Kinderangst«, die uns jedes Mal in einer solchen Situation triggern wird, wenn wir sie nicht bewusst angehen und bearbeiten.

Für Menschen, die nicht im Kloster leben, ist das vergleichbar mit einem Gespräch mit dem Vorgesetzten. Steht ein solches an, sorgt man sich vorher mehrere Tage und Nächte, wälzt sich im Bett hin und her und überlegt, um was es denn wohl dabei gehen könnte – Fehler, die einem unterlaufen sind, oder am Ende gar die Kündigung? Solche Gedankenspiralen machen einem das Leben nicht unbedingt leichter. Eher unnötig schwer. Und wie so oft sind am Ende die Sorgen und Ängste häufig völlig unbegründet. Warum ist es eigentlich so schwer, sich vorzustellen, dass es auch um ein Lob oder eine Gehaltserhöhung gehen könnte?

Ähnliches gilt für die Begegnung mit unseren Mitmenschen. Hier illustriert die bekannte Geschichte des Mannes, der sich bei einem anderen im Haus einen Hammer ausleihen möchte, auf unnachahmliche Weise, wie absurd solche Gedanken häufig sind. Es hat etwas von einer »selffulfilling prophecy«, der sich selbst erfüllenden Prophezeiung. Beschrieben ist sie in Paul Watzlawicks Buch »Anleitung zum Unglücklichsein«:

Ein Mann, der in seiner neuen Wohnung ein Bild aufhängen möchte, aber keinen Hammer hat, beschließt, sich diesen bei einem Nachbarn auszuleihen. Auf dem kurzen Weg zu ihm beginnt sich die Gedankenspirale zu drehen. Sicher würde der Nachbar ihm den Hammer nicht leihen, denn schließlich hatte der ihn gestern nur sehr unfreundlich gegrüßt. Bestimmt möge er ihn nicht. Und außerdem wolle er dem Nachbarn nicht die Gelegenheit geben, sich wichtig zu fühlen, weil er auf seinen Hammer angewiesen sei. Am Ende klingelt er bei dem Nachbarn, und als dieser öffnet, schreit er ihm ins Gesicht: »Wissen Sie was, behalten Sie ihren Hammer!« Wir nehmen so häufig in Gedanken das Ergebnis eines Gesprächs schon vorweg, dass wir die Antwort schon wissen, ohne jemals gefragt zu haben.

Ein anderer Aspekt dieser Ängste ist, dass man manches vielleicht gar nicht erst ausprobiert, weil man denkt: »Das wird dem Abt oder meinem Vorgesetzten oder meinen Eltern bestimmt nicht gefallen.« Ich erinnere mich an meine Anfänge in der Kunst. Da entstanden Bilder, die Ausdruck meiner Seele waren und damit auch tiefstes Inneres sichtbar machten. Nicht selten erschrak ich, wenn ich die Themen darin erkannte und verstand. Ich fragte mich: Darf ich so etwas malen? Eine Frage, die mir auch immer wieder in Ausstellungen eines Mitbruders begegnet ist: Darf ein Mönch so etwas darstellen? Dieser Mitbruder malt mit einer großen inneren Freiheit, weil er der Ansicht ist, dass alles Innere sich auch ausdrücken darf – es gehört zu ihm.

Nach und nach konnte ich meine Angst loslassen. Sie verwandelte sich in eine innere Freiheit gegenüber meiner Kunst. Mittlerweile weiß ich, dass es sogar heilsam ist, weil ich sie dann anschauen, mit dem Thema umgehen und in mein Leben als Mönch integrieren kann. Nichtsdestotrotz werde ich auch heute von manchen, die meine Kunst sehen, gefragt: »Darf man das als Mönch? Was sagt denn Ihr Abt dazu?« Häufig geht es dann auch nicht nur um die Kunst, sondern um mich selbst, beispielsweise um meine langen Haare. Sie wundern sich, welche Freiheiten man in einem Kloster haben kann.

Auch wenn ich um all das weiß, geht es mir heute manchmal noch immer wie dem kleinen Mönch. Wenn jemand mich nach einem möglichen Termin für ein Gespräch fragt und mir nicht gleich sagt, worum es dabei gehen soll, gerate ich in Sorge und beginne zu überlegen, was der andere denn wohl von mir möchte. Oder was ich falsch gemacht haben könnte. Vielleicht ist das eher meinem Harmoniebedürfnis geschuldet als einer übertragenen Angst: dass ich es einfach nicht haben möchte, dass es Störungen gibt im Miteinander. Auch hier könnte es sich lohnen, dem auf den Grund zu gehen. Wenn man um der Harmonie willen schweigt, seine Meinung nicht sagt, um den anderen nicht zu verärgern, einem Konflikt ausweicht, ist damit auch die Angst verbunden, klares Profil zu zeigen, zu sich und seinen Ansichten zu stehen. Am Ende steht auch dahinter eine Angst: die vor Widerspruch oder dem Gefühl, nicht geliebt zu werden.

Ähnliches erfahre ich, wenn ich auf Artikel und Bücher, die ich schreibe, Reaktionen bekomme, meist in Form von Leserbriefen. Die eine oder der andere merkt dann kritisch an, dass meine Meinung doch schon sehr liberal sei und seiner oder ihrer Ansicht nach außerhalb des katholischen Glaubens stünde. Wenn ich solche Nachrichten in meinem Briefkasten vorfinde oder im E-Mail-Postfach entdecke, merke ich, dass ich immer noch kurz denke: »Was da wohl jetzt wieder drinsteht?« Meistens darf ich mich aber über positive Rückmeldungen freuen und bin dann froh, dass es auch Menschen gibt, die mir Schönes und Ermutigendes schreiben. Zudem habe ich inzwischen gelernt, zu meiner Meinung zu stehen, klares Profil zu zeigen und die Menschen so wissen zu lassen, wo ich stehe. Man kann es nicht allen recht machen – und das möchte ich auch gar nicht.

Sich Sorgen zu machen, immer erst mal vom Schlimmsten auszugehen – das ist ein Gefühl, das viele Menschen in der Pandemie so beherrscht hat, dass ihnen das Leben verleidet war, dass sie sich gar nicht mehr beruhigen konnten und sozusagen in Dauerpanik gelebt haben. Dabei ging es um tiefgreifende und tiefsitzende Ängste wie die Angst davor, sich anzustecken und krank zu werden, die Angst vor dem Verlust von Verwandten und Freunden, die Angst, dass die Situation in der Politik und der Gesellschaft außer Kontrolle gerät. Viele haben aus dieser Angst heraus versucht, Schuldige zu benennen und zu finden oder Gründe, warum die Situation sich so entwickelt hat. Mitmenschen, der Nachbar, der Freund können zum Feind werden, wenn sie infiziert sind und eine Gefahr darstellen. Die Suche nach Schuldigen bildet zudem den Nährboden für sogenannte Verschwörungstheorien. Erschreckend ist, dass diese selbst bei Menschen, die sonst sehr rational und an wissenschaftlichen Erkenntnissen orientiert sind, Gehör finden und von diesen verbreitet werden. Angst ist ein sehr starkes Gefühl, das manchmal ungeahnte Kräfte freisetzt.

Uns Rheinländern sagt man ja nach, dass sie gewisse Grundsätze hätten. Einer davon ist, dass wir fest davon überzeugt sind, dass bis heute immer noch alles gut gegangen ist. Der Rheinländer ist daher grundsätzlich ein Optimist. Manch einem ist das manchmal »too much«, etwas übertrieben. Weil es eben doch manchmal schiefgeht. Aber es lohnt sich schon zu fragen, ob man sich durch ein andauernd pessimistisches Denken, durch ein ständiges Nähren der Angst nicht die Chance nimmt, davon auszugehen, dass etwas Gutes geschehen könnte, dass es etwa in einem Gespräch um Wertschätzung oder eben Vertrauen geht und nicht um Schelte. Das könnte damit beginnen, dass man sich fragt, welche Berechtigung eine Angst überhaupt hat und warum ich eigentlich immer vom Schlimmsten ausgehe statt vom Besten.

Es gehört zum Leben dazu, dass ich nie weiß, was als Nächstes geschieht. Ich weiß morgens, wenn ich aufstehe, nicht, wie mein Tag laufen wird. Natürlich habe ich einen Plan gemacht, es stehen Termine im Kalender, es gibt eine To-do-Liste. Aber wer garantiert mir, dass ich, wenn ich aus dem Haus gehe, nicht hinfalle und mir ein Bein breche und damit im wahrsten Sinn alle Pläne hinfällig sind, weil ich die nächsten Wochen im Krankenhaus und in der Reha sein werde? Natürlich merke ich manchmal, wenn der Weg, den ich in meinem Leben eingeschlagen habe, nicht der richtige ist. Dann kann ich ihn korrigieren und einen anderen Weg gehen. Aber – um von vornherein zu vermeiden, diesen falschen Weg zu gehen – ewig zu warten, mich für nichts zu entscheiden, zu grübeln, was alles schlecht ist an der einen Option, die ich wählen könnte, und was gut, ständig abzuwägen und zu überlegen, was denn doch alles schiefgehen könnte und welche Talente mir fehlen, ist keine Lösung. Ich bleibe gefangen in meinen »Wenns« und »Abers«.

Vor über zwanzig Jahren hatte ich am Ende meines Studiums die Gelegenheit, einen Freund, der für längere Zeit in Brasilien lebte, zu besuchen und mit ihm mehrere Wochen durch das Land zu reisen. Eine tolle Möglichkeit, die sicher nicht alltäglich ist. Anstatt mich aber auf das Schöne, das mir bevorstand, zu freuen und zu konzentrieren, steigerte ich mich in das hinein, was alles passieren könnte. Ich ließ mich von meiner Flugangst lähmen und sagte die Reise am Ende ab. Als ich in den letzten Jahren zwei Mal nach Brasilien reisen durfte – mittlerweile hatte ich meine Flugangst bearbeitet –, merkte ich, was für ein tolles Land es ist, und ich bin dankbar für die Erfahrungen, die ich dort machen durfte. Gleichwohl wurde mir auch bewusst, was ich damals alles verpasst hatte.

Martin Luther wird der Satz zugeschrieben: »Wenn ich wüsste, dass morgen die Welt unterginge, würde ich heute noch ein Apfelbäumchen pflanzen.« Ein Beispiel dafür, wie man auch denken kann, indem man eben nicht nur vom Schlimmsten ausgeht, sondern im Schwierigen das Gute sieht, die Hoffnung, die trotz aller Gefahren genauso wahrscheinlich ist wie die Angst und die Verzweiflung. Selbst wenn die Welt dann tatsächlich untergeht, hat man die Hoffnung, das Leben gepflanzt, statt dem Negativen Raum zu geben.

Schaue ich in die Bibel und darauf, wie Jesus gehandelt hat, sehe ich, dass er der Angst stets Vertrauen entgegengestellt hat. Immer wieder sagt er: »Fürchtet euch nicht!« Und: »Habt Vertrauen!« Zum Beispiel, als die Jünger Jesu im Sturm Angst hatten, mit dem Boot zu kentern und zu ertrinken. Jesus war mit ihnen auf den See hinausgefahren, schlief aber während des Sturms in aller Seelenruhe im Boot. Die Jünger wecken ihn und schreien ihm entgegen: »Herr, rette uns, wir gehen zugrunde!« Jesus fragt sie: »Warum habt ihr solche Angst, ihr Kleingläubigen?« Und er gebietet dem Sturm, dieser beruhigt sich und es tritt Stille ein (vgl. Mt 8,23–27). Aber auch, als er verhaftet wird und den Jüngern klar wurde, dass er sterben wird, bleibt er im Vertrauen. Selbst dann! Statt hier zu resignieren, kann Jesus in seiner Sterbestunde am Kreuz voller Vertrauen sagen: »Vater, in deine Hände lege ich meinen Geist!« (Lk 23,46). Wie tief diese Sorglosigkeit, dieses Vertrauen bei Jesus ist, kommt in einem Abschnitt in der Bergpredigt sehr deutlich, fast schon radikal zum Ausdruck. Jesus verweist hier auf die Lilien des Feldes, die nicht spinnen und nicht arbeiten und doch sei selbst König Salomo nicht so prächtig gekleidet wie eine von ihnen! Eine Lilie ist prächtiger gekleidet als König Salomo – ohne dass sie dafür etwas tut. Es geschieht einfach, dass sie wächst und blüht. Diesen Gedanken muss man sich – glaube ich – auf der Zunge zergehen lassen. Und ebenso die Vögel des Himmels. Sie säen und ernten nicht, sammeln keine Vorräte und doch ernährt Gott sie. Jesus weiß, dass der Mensch – wir –, egal, was passiert, von Gott gehalten sind, dass wir weder Angst haben müssen noch mit all unserer Sorge unser Leben auch nur um eine kleine Spanne verlängern können. Wir dürfen Vertrauen in Gott und in das Leben haben. Sich anzuvertrauen, statt das Leben selbst sichern zu wollen, ist die Haltung, von der Jesus überzeugt ist und die ihn innerlich befreit. Man könnte diese Haltung Jesu zusammenfassen und ihm die Worte in den Mund legen: »Es gibt keinen Grund, Angst zu haben. Ihr seid gehalten, egal, was passiert« (vgl. Mt 6,25–29).

Für mich kann das bedeuten: Sicher habe ich mein Leben nicht in der Hand. Es wird vielleicht schwer werden, ich werde mit Ungeplantem konfrontiert werden, manchmal auch mit Ereignissen, die mir den Boden unter den Füßen wegreißen. Andere werden mich vielleicht kritisieren, mir Fehler benennen, aber ich muss deshalb das Vertrauen in das Leben, in mich und meine Fähigkeiten nicht verlieren. Denn vieles kann passieren, muss aber nicht passieren. Wenn ich mir schon vorher den Kopf darüber zerbreche, was alles passieren könnte, nehme ich mir die Freude an dem, was gerade geschieht. Ich kann nicht im Jetzt sein, wenn ich mir ständig Sorgen um das Morgen mache. So gesehen kann ich die Dinge auf mich zukommen lassen.

Wenn mich jemand zum Gespräch bittet, kann ich mir einfach sagen: »Mal sehen, was der oder die andere mir sagen möchte.« Sollte es Kritik geben, werde ich vielleicht antworten: »Ja, stimmt, da habe ich was falsch gemacht. Danke, dass du mich darauf hinweist, jetzt kann ich es ändern und mich bessern.« Oder ich distanziere mich klar von der Kritik und sage ruhig, dass ich das anders sehe und wahrnehme. Ich habe ein solches Gespräch sowieso nicht in der Hand. Ich kann mir alles Mögliche ausmalen, aber das kostet Energie. Statt mich zu sorgen, kann ich offenbleiben, die Dinge loslassen, aus der Hand geben und mich dem, was geschehen wird, anvertrauen.

In Vorbereitungsgesprächen zur Taufe sagen Eltern mir regelmäßig: »Wir möchten die Taufe für unser Kind, weil wir nicht ständig auf es aufpassen können. Wir möchten es sozusagen in Gottes Hand geben, unter seinen Segen stellen, weil wir es als Eltern eben nicht immer in der Hand haben, was mit unserem Kind geschieht.« Ich kenne Eltern, die sich ständig sorgen, ob sie alles richtig machen in der Erziehung ihrer Kinder, ob sie sie genug oder zu viel fordern und fördern, ob sie sich richtig verhalten, ihnen keinen »Schaden« zufügen mit ihrer Erziehungsmethode. Aber auch da gibt es keine Versicherung und keine Garantie. Niemand macht alles richtig, niemand ist perfekt, weder als Eltern noch als Kind. Stattdessen braucht es auch hier das Vertrauen, dass man als Eltern sein Bestes gegeben und nach bestem Wissen und Gewissen gehandelt hat. Es zählt die Absicht und die Haltung den Kindern gegenüber. Alles andere geschieht – ob man will oder nicht.

Ich denke jedoch in diesem Zusammenhang auch an Menschen am Ende ihres Lebens. Was kommt danach? Denkmodelle dazu gibt es viele. Bewiesen ist nichts davon. Und – wie man so schön sagt – zurückgekommen ist auch noch keiner. Früher hatten viele Menschen Angst vor einer Abrechnung nach dem Tod, vor einem strafenden Gott, der jede ihrer »Sünden« in seinem Buch verzeichnet und sie dementsprechend richten wird. Heute macht es dagegen vielen Angst, nicht zu wissen, wie es nach dem Tod weitergeht, ob etwas kommt und wenn ja, was. Wer glaubt, dass mit dem Tod alles aus ist, hat vielleicht mit der Angst zu kämpfen, etwas in seinem Leben verpasst zu haben, Chancen nicht genutzt und das Leben nicht ausgeschöpft zu haben. Gleichzeitig erlebe ich immer wieder Menschen, die in einem tiefen Frieden sterben und in dem Vertrauen, dass es schon gut werden wird – egal, was denn da kommt nach dem Tod. Sie haben ihr Bestes gegeben, viel erlebt, konnten Krisen bewältigen und hoffen, dass es wohl recht gewesen ist mit ihrem Leben.

Es geht im Tod sozusagen um den Ernstfall des Lebens – um maximalen Kontrollverlust. Ich kann dagegen wüten, schimpfen, mich auflehnen, aber verhindern kann ich ihn nicht. Letztlich muss ich es geschehen lassen. Und mich damit anfreunden, dass ich nichts wissen, nichts planen kann jenseits dieser Grenze. Auch wenn das im Tod der absolute Fall ist, über den ich wirklich keinerlei Kontrolle habe, gilt das für viele andere Situationen in meinem Leben ebenso. Zum Beispiel auch für die Pandemie: Ich kann wüten, ich kann Schuldige suchen, ich kann mich auflehnen – ändern wird das nichts. Ich muss es geschehen lassen. Und einen Weg finden, damit umzugehen. Panik und Angst sind dabei schlechte Ratgeber.

»Gott sah, dass alles gut war«, heißt es am Beginn der Bibel im Schöpfungsbericht. Die ganze Bibel ist ein Zeugnis dafür, dass Gott es gut meint mit seiner Schöpfung, dass er möchte, dass es am Ende »gut wird«. Vielleicht lohnt es sich, daran zu denken, daran zu glauben, dass es auch gut werden könnte. Auch mit mir und meinem Leben.

Nicht verzweifeln

Tritt man in ein benediktinisches Kloster ein, ist man nicht selten hoch motiviert, erfüllt von dem Gedanken, jetzt ein ganz neues Leben zu beginnen und das alte komplett hinter sich zu lassen. Benedikt nennt das den »guten Eifer« (RB 72,2), den es wohl auch braucht, um den Schritt in ein klösterliches Leben zu tun. Man stellt dann aber schnell fest, dass das Leben hier nicht viel anders ist als das außerhalb der Mauern. Natürlich wollen wir Mönche uns unterscheiden, wir haben feste Zeiten des Gebetes, sind bewusst auf Gott ausgerichtet. Deshalb sind wir jedoch keine Heiligen, sondern »Menschen wie du und ich«. Menschen mit Fehlern und Schwächen. Manches, vielleicht sogar vieles gelingt im Zusammenleben, in den Arbeitsbereichen – und manches gelingt nicht. Es gibt Tage, da findet man alles nur blöd und man möchte am liebsten niemand anderen sehen, keinem Mitbruder begegnen, weil man ihn nur anmeckern würde. Ich sage das gerne immer wieder in Kursen und bei Führungen: Wir alle sind nicht hier an diesem Ort, weil wir uns so sympathisch finden und so tolle Menschen sind. Ich wäre mit dem einen oder anderen Mitbruder ganz bestimmt nicht freiwillig und begeistert in eine WG eingezogen. Wir sind aber alle hier, weil uns eine Sehnsucht nach Gott an diesen Ort geführt hat. Immer in dem Glauben und Vertrauen, Gott hier auch zu finden.

Ein Mitbruder, der sehr belesen ist und sich dabei mit theologischen Fragen, seinem Glauben und seiner Spiritualität auseinandersetzt, sagte mir einmal, die tiefsten Gotteserfahrungen habe er gemacht in der Begegnung mit Menschen, in der Zuwendung zu ihnen, wenn sie hilfsbedürftig waren, im Erleben ihrer Gastfreundschaft. Glaube erweist sich immer im Tun, im Gelebten, in der Art und Weise, wie ich auf Menschen zugehe und mit ihnen umgehe. Die Begründung dafür findet sich ebenfalls schon ganz zu Beginn der Bibel bzw. der Geschichte Gottes mit den Menschen. Der Mensch ist – wie es im Schöpfungsbericht heißt – Gottes Ebenbild. Benedikt spricht hier von »Christus im Bruder«, von Christus, den ich in meinem Gegenüber erkenne. Ich kann auch sagen: der göttliche Kern im Menschen, das Gute, das in ihm angelegt ist. Für einen Mitbruder wurde es zur Schlüsselerfahrung, als er eine Zeit lang übte, in jedem Mitbruder, dem er begegnete, tatsächlich Christus zu sehen und nicht zuerst all das Negative, das ihm einfiel, wenn dieser oder jener ihm über den Weg lief. Natürlich ist das keine einfache Übung und sie gelingt auch nicht immer. Im Miteinander-Leben, im Miteinander-Sein behandle ich andere ungerecht, wende ich mich dem anderen nicht so zu, wie er es braucht, treffe ich falsche Entscheidungen. Aber all das ist kein Grund, das Leben nicht zu wagen, es nicht zu leben, nicht in Beziehung zu treten.

Einer der schönsten Sätze Benedikts lautet: »Und an der Barmherzigkeit Gottes niemals verzweifeln« (RB 4,74). Weil Gott barmherzig ist, muss ich mich nicht grämen und nicht schämen, wenn ich einen Fehler gemacht habe. Ich muss keine Angst davor haben, Fehler zu machen oder davor, was geschieht, wenn mir ein Fehler unterläuft. Die Frage muss vielmehr sein: Was lerne ich aus der Situation, aus einem Fehler? Was kann ich beim nächsten Mal besser machen? Ich kann darauf vertrauen, dass es besser gehen wird – dass ich selbst und auch die anderen die Kraft haben werden, es besser zu machen.

In einem Vortrag sprach der Theologe und Psychologe Eugen Drewermann über sein Schlüsselerlebnis, das ihn vor mehreren Jahrzehnten zu der Beschäftigung mit der Psychoanalyse führte. In einer Seelsorgesituation kam er mit einem Mann ins Gespräch, der ihm sein Herz ausschüttete und erzählte, dass er – obwohl verheiratet – sich in eine andere Frau verliebt habe. In diesem Moment erkannte er, dass diesem Mann in keinster Weise geholfen wäre, wenn er ihm jetzt als Priester sagen würde, was er nach der Kirchenlehre und ihren Moralvorstellungen zu tun hätte, dass er sofort die Beziehung beenden müsse, dass es in diesem Fall nur richtig und falsch gäbe und er die Gefühle wegdrücken müsse, die nicht sein dürften. Damit hätte er ihm seinen vermeintlichen Fehler vorgehalten, ihm vielleicht Angst gemacht, dass er sonst keinen Platz mehr in der Kirche hätte, vielleicht auch nicht mehr beim »lieben Gott«. Der Stab über ihn wäre gebrochen gewesen. Vielmehr war die Frage für Eugen Drewermann: Was hilft diesem Mann jetzt, dass er nicht daran zerbricht? Was ist aus dieser Situation jetzt zu lernen? Er spürte, dieser Mann müsse sich angstfrei aussprechen können, Gefühle ins Wort bringen dürfen, die er nie zuvor gehabt hatte. Und dann müsse er mit ihm das tiefer im Verborgenen liegende Bedürfnis dahinter entdecken. Ein solches Bedürfnis könnte das nach Geborgenheit sein, die er nie zuvor, weder bei seiner Frau noch bei seinen Eltern erfahren hat. Und dann müsse dieses Bedürfnis bzw. die Stillung dessen in das eigene Leben integriert werden.

Was wäre es für eine Kirche, fragte Drewermann weiter, die sich den Verzweifelten, den Zerschundenen, den Verletzten, den Hilfsbedürftigen, den Gescheiterten, den sich Sehnenden, den Einsamen zuwenden würde, wie es Jesus tat? Die nicht zuerst predigt, was man alles nicht darf, dass man sich anzustrengen habe, »rein und heilig« zu leben. Eine Kirche, die zeigt: Man muss keine Angst haben, sondern darf vertrauen, dass Gott aufrichtet, ermutigt zum nächsten Schritt und dass es mit dem eigenen Leben gut werden kann.

Keiner muss perfekt sein. Trotzdem ist jeder gerufen, zu lernen und sich zu entwickeln. Als im letzten Jahr ein Mitbruder die Abtei verlassen hat, um einen anderen Lebensweg zu gehen, kam dieser Weggang für viele überraschend, weil sie es von ihm nicht erwartet hatten. Manche standen geradezu unter Schock. Dann aber waren wir als die jüngeren Mönche (was im Kloster unter 65 heißt) fähig, uns zu fragen: Was lehrt uns das? Die Perspektive war also nicht: Der Mitbruder, der gegangen ist, hat ein Gelöbnis abgelegt, er verstößt jetzt dagegen, macht damit einen Fehler und deshalb brechen wir den Stab über ihn. Vielmehr haben wir gelernt, dass wir uns über einige Fragen Gedanken machen müssen, zum Beispiel: Wie reden wir miteinander? Gibt es Mitbrüder in der Gemeinschaft, mit denen ich offen und ehrlich über meine innere Gestimmtheit sprechen kann? Kann ich dem anderen angstfrei mitteilen, wenn ich beginne zu spüren, dass der Weg als Mönch mir nicht mehr entspricht? Schaffen wir untereinander eine angstfreie Gesprächsatmosphäre? Darf der andere mich ansprechen, wenn er den Eindruck hat, dass bei mir etwas in seelischer Schieflage ist, ich in einer Krise stecke und es vielleicht noch gar nicht bemerkt habe?

Wenn so etwas geschieht, kann ich mir denken: Also, wenn jetzt schon wieder einer gegangen ist, das wird nichts mehr mit der Gemeinschaft, mit der Abtei. Ich kann aber auch überlegen, was daraus folgt für uns, was wir in Zukunft anders machen können, damit es eben nicht noch einmal geschieht. Ich muss also nicht immer nur den »worst case« herbeireden oder im Kopf haben, ich kann mir auch den »best case« vor Augen halten und versuchen, eben diesen Wirklichkeit werden zu lassen.

Als Jesus von Petrus gefragt wird, wie oft er einem anderen vergeben müsse, antwortet Jesus: siebenundsiebzig Mal (vgl. Mt 18,21). In der Symbolsprache der Bibel meint diese Zahl, immer wieder zu verzeihen und nie damit aufzuhören, darauf zu vertrauen, dass der andere und ich selbst von Neuem beginnen, einen neuen Weg gehen, einen guten Weg finden. Deshalb sagt Benedikt auch, dass man niemals an der Barmherzigkeit Gottes verzweifeln solle. Im Rückblick zeigt sich oft, dass Ereignisse in meinem Leben wichtig und richtig waren, selbst wenn sie mir zunächst schwer oder als Scheitern erschienen sind. Es kann also gut werden mit meinem Leben und mit mir. Dazu brauche ich oft nicht mehr als das Vertrauen, dass genau das geschehen wird.

»Ich will die Wahrheit sagen. Ich will keine Ungerechtigkeit dulden. Ich will keine Angst haben. Ich will keine Gewalt anwenden. Ich will in jedem und allem vorerst das Gute sehen.«

Mahatma Gandhi: Fünf Wünsche an mich selbst

»Und an Gottes Barmherzigkeit niemals verzweifeln.«

Regel Benedikts 4,74

»Gott, gib mir die Gelassenheit, Dinge hinzunehmen, die ich nicht ändern kann, den Mut, Dinge zu ändern, die ich ändern kann, und die Weisheit, das eine vom anderen zu unterscheiden.«

Reinhold Niebuhr

»Nichts soll dich ängstigen, nichts dich erschrecken. Alles geht vorüber. Gott allein bleibt derselbe. Alles erreicht der/die Geduldige, und wer Gott hat, hat alles. Gott allein genügt.«

Teresa von Ávila

Fragen

Kennst du deine Ängste? Das, was dich sorgt und dich unruhig macht?

Mit welcher Haltung blickst du zurzeit auf die Welt? Ergreift dich Angst, Panik? Fällt es dir schwer, das Gute, das Schöne zu sehen? Falls ja: Woran liegt das deiner Ansicht nach?

Welche Dinge kannst du ändern, auf welche kannst du Einfluss nehmen? Welche gilt es, zu akzeptieren, weil du sie nicht ändern kannst?

Was gibt dir Hoffnung? Was macht dir Mut?

Warum, glaubst du, kann etwas nicht auch mal gut werden?

Übungen

Notiere dir die Dinge, die du gerne ändern würdest in deinem Leben und in der Welt. Entscheide, welche du wirklich ändern kannst und welche nicht. Streiche die durch, die du nicht ändern kannst. Von denen, die du ändern kannst, wähle eins aus. Notiere dir konkrete Schritte zur Veränderung. Und ein Datum, wann du damit beginnst. Die nicht zu ändernden Dinge schreibe auf einen eigenen Zettel. Verbrenn ihn, leg ihn in deine Gebetsecke, vergrab ihn im Garten, häng ihn an einen Luftballon. Gib diese Dinge ab, überantworte sie dem Leben, deinem Gott, einer höheren Macht.

Fährt dein Kopf (vor allem nachts) Karussell? Kommst du nicht zur Ruhe? Durchbrich dein Grübeln! Steh auf, geh spazieren, atme die frische Luft, spüre den Lebensatem in allem oder den festen Boden unter deinen Füßen.

Meditiere den Satz von Teresa von Ávila: »Nichts soll dich ängstigen, nichts dich erschrecken. Alles geht vorüber. Gott allein bleibt derselbe. Alles erreicht der/die Geduldige, und wer Gott hat, hat alles. Gott allein genügt.«

Lenke deine Aufmerksamkeit von deinen Gedanken zu deinem Atem. Lass deine Gedanken kommen und gehen, ohne sie zu verfolgen. Nimm deinen Atem wahr – wie er in dir fließt, kommt und geht. Spüre, wie es dich beruhigt und entspannt. Wenn du magst, kannst du dies mit dem Herzensgebet verbinden, mit dem Namen Jesu. Sprich beim Einatmen: »Herr, Jesus Christus, Sohn Gottes« und beim Ausatmen: »Erbarme dich meiner«.

Durchdenke in Ruhe deine negativen Gedanken. Schreibe sie auf und überlege, wie realistisch deine Befürchtungen sind. Steigerst du dich in deine Ängste hinein? Manchmal kehrt innere Ruhe ein, wenn ich mir bewusst mache, dass es gar keinen vernünftigen Grund dafür gibt, dass meine Befürchtungen Realität werden könnten.

Stell dich für einige Augenblicke hin, öffne deine Hände zu einer Schale. Spüre, wie du dich damit öffnest und Gott in deinem Leben und dem Universum signalisierst, dass du bereit bist, das zu empfangen, was das Leben dir schenken und geben möchte. Dass du bereit bist, anzunehmen, was kommt – weil du weißt, dass es dich wachsen und reifen lässt.

Tu dir etwas Gutes. Statt dich zu sorgen und zu grübeln, tu etwas, was dir Freude macht, dir Kraft gibt.

Das letzte Gebet am Tag ist für uns Mönche die Komplet. Damit beenden wir den Tag und legen ihn auch zurück in Gottes Hände. Im Schlussgebet bitten wir immer um den Segen Gottes und dass er uns einen ruhigen Schlaf schenken möge, damit wir am neuen Tag mit neuer Kraft aufstehen und leben können. Verfolge unsere Komplet im Livestream, lass sie auf dich wirken.

Vielleicht möchtest du dir auch eine eigene Form der Komplet überlegen, ein Ritual, bei dem du den Tag in Gottes Hände legst oder unter dem Apfelbaum ablegst oder symbolisch in einem Kästchen oder wo immer es für dich passt. Der Tag war so, wie er war. Ändern kannst du ihn nicht mehr. Und das, was heute nicht gut war, kann morgen besser werden.

Der kleine Mönch brauchte ein wenig, bis er sich gefangen hatte. »Seid Ihr Euch sicher?«, fragte er nach. »Ja, ich bin mir sicher«, antwortete der Abt, und er wiederholte: »Ich vertraue dir!« »Das freut mich«, sagte der kleine Mönch etwas verlegen, »aber werden die Mitbrüder mir auch vertrauen?«

Der Abt lud den kleinen Mönch ein, sich zu setzen, und sie nahmen auf den großen roten Sesseln in der kleinen Besprechungsecke Platz. »Ui, ist der Sessel aber bequem«, sagte der kleine Mönch erstaunt. »Ja«, sagte der Abt lachend, »hier dürfen nur besondere Leute sitzen!« Und er fuhr fort: »Weißt du, Vertrauen enthält ein bisschen Magie: Wenn ich dir sage, dass ich dir vertraue – was spürst du?«

»Es fühlt sich gut an«, antwortete der kleine Mönch, »fast so, als würde ich ein bisschen wachsen.«

»Genau das ist es«, sagte der Abt. »Wenn ich dir vertraue, dann wächst auch dein eigenes Vertrauen in dich. Und es funktioniert sogar umgekehrt: Wenn du mit einem gesunden Selbstvertrauen auf andere zugehst und ihnen zeigst, dass sie dir vertrauen können, werden sie lernen, dir zu vertrauen.«

»Das braucht ja aber ein bisschen Zeit«, ergänzte der kleine Mönch. Und der Abt antwortete: »Ja, da hast du recht. Das dauert ein bisschen. Aber du kennst hier die Mönche ja schon und sie kennen dich; da geht es etwas schneller. Du wirst sehen: Vertrauen bewirkt Wunder.«

Hab Vertrauen!

Jeder Mensch kommt mit einem Urvertrauen auf die Welt. Mit einer Gewissheit, dass alles gut ist. Das Kind erfährt, dass es gefüttert wird, wenn es schreit und Hunger hat, dass es getröstet wird, wenn es weint, dass jemand da ist, wenn es Angst hat. Es weiß dann: »Ich kann vertrauen, dass Mama und Papa da sind. Ich kann mich dem Leben anvertrauen.«

Beobachtet man kleine Kinder dabei, wie sie laufen lernen, sieht man häufig: Sie fallen hin und stehen wieder auf. Immer wieder. In einiger Entfernung warten Mama oder Papa und schauen zu, passen auf, bestärken, ermutigen das Kind. Es spürt: Ich kann das. Ich kann laufen, ich komme dahin, wo ich hinmöchte.

Später probiert das Kind sich aus und erkundet die Welt. Manche wissen schon früh sehr genau, was sie können und was sie wollen. Man merkt ihnen an: Sie haben ein ausgeprägtes Selbstvertrauen. Andere müssen sich dieses erst hart erarbeiten – und manchmal dauert es bis ins Erwachsenenalter und gelingt nur durch Gespräch, Reflexion, Supervision, Therapie. Der Grund liegt dann häufig darin, dass sie in der Kindheit und darüber hinaus oft gehört haben, was sie alles nicht können oder schon wieder falsch gemacht haben. Das hat sich tief in ihre Seele eingebrannt.

Es braucht also ein Vertrauen in sich und das Leben, um in dieser Welt anzukommen, seinen Platz zu finden, um das Leben bejahen und aktiv gestalten zu können. Es gibt aber auch Menschen, die nie in diesem Leben ankommen, die ständig ihren Platz suchen, die allem und jedem misstrauen. Manche sagen dann auch: »Es wäre besser, wenn ich gar nicht geboren worden wäre.« Für sie bedeutet das Leben puren Stress und sie empfinden es ausschließlich als anstrengend.

Der kleine Mönch erfährt in der Geschichte aber genau das, was für das Vertrauen in die eigenen Fähigkeiten und ins Leben grundlegend notwendig ist: das Wissen, dass der andere mir vertraut. Der oder die andere – das sind ganz sicher zunächst die Eltern, die Familie, Freunde. Dann aber auch meine Lehrer, Ausbilder und Vorgesetzten. Ein solches Vertrauen ist unheimlich wertvoll. Es signalisiert dem Menschen, dass man an ihn glaubt und ein echtes Interesse daran hat, dass er seinen Weg in diesem Leben macht. Dazu fällt mir immer die Geschichte unseres heutigen Buchhalters in der Verwaltung der Abtei ein. Er hatte gerade seine Lehre dort beendet, als er damals vom zuständigen Mitbruder verantwortlich mit der Buchhaltung betraut wurde. Das hätte er sich niemals träumen lassen.

Heute sagt er: »Eigentlich war ich zu jung. Und doch war es genau richtig.« Wird man so ins kalte Wasser geworfen, muss man schwimmen. Man hat keine Wahl. Aber viele spüren dann auch: Im Anvertrauen einer solch großen Aufgabe steckt wiederum ein großes Vertrauen, vielmehr noch ein Zutrauen. Noch besser ist es, wenn dieses ausgesprochen und einem zugesprochen wird: »Du kannst das. Ich traue dir das zu.« Dann kann und darf ich mir die Aufgabe selbst auch zutrauen.

Wie wichtig dieses Zutrauen ist, manchmal auch überlebenswichtig, durfte ich in einer Krise vor zwei Jahren erfahren. Im letzten Band dieser Buchreihe habe ich bereits davon geschrieben. In dieser Krise gab es Zeiten und Momente, in denen ich nicht mehr an mich geglaubt habe und auch nicht gefühlt habe, dass es einen Weg aus dieser »dunklen Nacht« heraus gibt. Wie wichtig war es da, dass andere mir genau das gesagt haben: »Du kommst da durch, du schaffst das, du hast schon ganz anderes bewältigt.« Sie haben mich daran erinnert, dass es da auch einen Gott gibt, der noch lange nicht mit mir am Ende ist.

Als Angela Merkel 2015 am Beginn der Flüchtlingsbewegung ihren berühmten Satz sagte: »Wir schaffen das!«, steckte da vielleicht auch das Vertrauen in unsere Gesellschaft drin. Das Vertrauen, dass sie eine solche Situation bewältigen kann. Sie hat die personellen, logistischen und wirtschaftlichen Ressourcen dafür. Und auch Angela Merkel mag gedacht und gewusst haben: Wir haben schon ganz andere Dinge und Situationen bewältigt. Dann werden wir das jetzt auch schaffen.

Das eigene Leben zu bewältigen und die eigene Lebensspur zu finden wird dagegen umso schwerer, je mehr ein Mensch Misstrauen erfährt. Wenn man ihm das Gefühl gibt, dass er ein Verlierer, ein Loser ist. Wenn das Urteil über ihn schon gefällt ist: »Was wollen wir denn mit dem?« Vielleicht erinnert sich der eine oder andere an den Sportunterricht in der Schule. An Bundesjugendspiele oder Spiele wie Völkerball, bei denen jeweils zwei Schüler aus den anderen der Klasse zwei Mannschaften bildeten, indem sie abwechselnd einen Spieler auswählten. Am Ende blieben immer einer oder zwei übrig, die sowieso schon Außenseiter waren, weil sie als unsportlich galten und die keiner so richtig in der Mannschaft haben wollte. Wie weh muss solch eine Erfahrung einem jungen Menschen tun! Und wie sehr seinen Selbstwert mindern. Zumal, da sie sich im Sportunterricht und manchmal auch in anderen Fächern immer wieder wiederholte.

Wie dagegen das Zutrauen anderer es möglich macht, dass ein Mensch seine Möglichkeiten und ein Zutrauen in sich selbst erfährt, habe ich bei einer befreundeten Familie miterlebt. Sie haben vier Kinder, und als der älteste

Sohn auf die weiterführende Schule wechselte, tat er sich dort sehr schwer. Er fühlte sich einfach nur unwohl. Da die Eltern schon früh die praktischen, handwerklichen Fähigkeiten ihres Sohnes wahrgenommen hatten, beschlossen sie, ihn noch einmal die Schule wechseln zu lassen. Er sollte eine ganzheitliche, die ganze Persönlichkeit umfassende Erziehung und Bildung genießen dürfen. Das heißt, er ging nun in eine Waldorf-Schule – und blühte auf. Er bewegte sich frei und wurde frei, baute mit seinem Vater daheim im Garten mit großer Freude und Leichtigkeit ein Baumhaus. Er kam mir vor wie ein Fisch, den man endlich in sein Element, ins Wasser geworfen hatte. Ein Fisch, der auf dem Trockenen liegt, stirbt. Später in seinem Leben wiederholte sich diese Situation: Nach dem Abitur und Beginn des Studiums geriet er in eine Krise, fühlte sich überfordert, setzte sich zu sehr unter Leistungsdruck. Er hatte gemeint, es seinen Eltern, vor allem seinem Vater, recht machen zu müssen. Deshalb hatte er überhaupt erst das Abitur gemacht und ein Studium begonnen. Doch auch in dieser Situation machten ihm seine Eltern klar: »Es geht nicht um unsere Erwartungen, sondern um dich. Es geht darum, dass du glücklich bist – was auch immer das beruflich für dich bedeutet.« Hör auf dich, auf deine Talente, auf das, was du wirklich machen möchtest. Schließlich gelang es ihm so, sich von dem Druck, den er sich selbst gemacht hatte, zu distanzieren. Er orientierte sich neu, erkannte, dass er etwas ändern musste, und begann eine praktische Ausbildung, erlernte ein Handwerk. Das war perfekt für ihn. Wiederum blühte er auf, wurde er lebendig. Seine Eltern ermutigten ihn in der Krise und sagten ihm immer wieder: »Wir wissen, du kannst das. Du schaffst das.« Und machten ihm klar, dass er nichts Bestimmtes leisten müsse, sondern vielmehr seinen eigenen Weg finden sollte.

In dem Film »Billy Elliot« aus dem Jahr 2001 geht es um ganz Ähnliches: die Lösung von den (vermeintlichen) Erwartungen anderer, das Vertrauen in die eigene Lebensspur. In dem Film schickt der Vater des 14-jährigen Billy Elliot den Jungen zum Boxtraining, obwohl er sich das finanziell kaum leisten kann. Es ist ihm aber wichtig für den Sohn. Doch boxen ist einfach nicht Billys Talent. Er fühlt sich viel mehr vom Ballettunterricht angezogen, der in der gleichen Halle stattfindet wie das Boxtraining. Und mit der Unterstützung seiner Lehrerin lernt er, sich zu vertrauen und dafür einzutreten. As der Vater, der glaubte, sein Sohn ginge regelmäßig zum Boxunterricht, davon erfährt, ist er zunächst entsetzt und stellt sich mit großem Widerstand gegen seine Entscheidung. Im Lauf des Films bröckelt dieser aber. Die letzte Szene des Films zeigt den Stolz und die Rührung des Vaters, als sein Sohn im Londoner Balletttheater in »Schwanensee« eine Hauptrolle tanzt.

Ich denke manchmal, dass wir anderen viel häufiger wie die Ballettlehrerin in »Billy Elliot« sagen müssten, was wir als Potenzial in ihnen sehen. Wir sind oft schnell mit Kritik bei der Hand, die geht uns leicht über die Lippen. Und oft meinen wir auch, wir wüssten alles besser. Ich erinnere mich an eine Begegnung nach meinem Studium. Damals machte ich ein Praktikum in einer Pfarrei. Als ich einen anderen Praktikanten in seiner Pfarrei besuchte, traf ich eine junge Frau und wir kamen miteinander ins Gespräch. Sie erzählte, dass sie sich vorstellen könne, Ordensschwester zu werden. Später, ich war bereits ins Kloster eingetreten, las ich einen Zeitungsartikel über sie als junge Theologiestudentin. Sie erzählte, dass sie sich in der Kirche engagieren möchte und auf der Suche nach ihrem Weg ist. Sie erwähnte den möglichen Weg in einen Orden, äußerte aber auch ihre Zweifel und Fragen. So, wie ich sie erlebt hatte und wahrnahm, fand ich diesen Weg passend für sie. Daher schrieb ich ihr einen Brief und ermutigte sie, es zu wagen. Nur im Wagnis und Ausprobieren entdeckt man, ob ein Weg trägt, möglich ist, einem entspricht. Tatsächlich hat diese junge Frau es gewagt und trat in einen Orden ein. Heute lebt sie innerlich erfüllt und zufrieden.

Ebenso beeindruckt hat mich die Erzählung eines Seelsorgers, der in meinen Studienzeiten in einer Justizvollzugsanstalt in Münster arbeitete. Er berichtet in einem Buch über den inneren Weg eines Strafgefangenen, der in seiner Zeit im Gefängnis Christ wurde und den Wunsch äußerte, Priester zu werden. Sein Glück, als diesem Wunsch entsprochen wurde, kann man wohl nur ahnen. Ich fand es sehr beeindruckend, als der Pfarrer, bei dem er an Freigangswochenenden wohnte, ihm den Hausschlüssel gab – und damit volles Vertrauen ausdrückte. Der Strafgefangene durfte die Erfahrung machen, dass er nicht für immer festgelegt bleibt auf das Bild, das man sich schnell von »diesen« Menschen macht: Verbrecher, Insasse – mit dem ist nichts anzufangen, »einmal Knacki, immer Knacki«. Und wie gut, dass er seinem Wunsch gefolgt ist und diesen geäußert hat. So wie dieser junge Mann durch das Zutrauen des Pfarrers Vertrauen in sich finden konnte, so können andererseits Festlegungen und einmal gefasste Meinungen blockieren, einengen und dafür sorgen, dass man innerlich klein bleibt. Die Festlegung durch andere verhindert dann, dass ich mein eigenes Potenzial entdecke und entfalte.

Beispielhaft hierfür ist eine Weisheitsgeschichte, die davon erzählt, dass ein Mann einen jungen Adler, der aus dem Nest gefallen war, mit nach Hause nimmt und ihn zu seinen Hühnern sperrt. Mit der Zeit lernt der Adler nun, Hühnerfutter zu fressen und sich wie ein Huhn zu verhalten. Er fügt sich ein und denkt am Ende selbst von sich, er sei ein Huhn und gehöre zu den anderen. Er kennt seine eigene Größe und sein Potenzial gar nicht und weiß nicht, wozu er eigentlich fähig wäre. Er hat es ja nicht anders kennengelernt. Nach einigen Jahren kommt ein Besucher auf den Hof, der naturkundig ist und den Mann darauf hinweist, dass da ein Adler unter seinen Hühnern sei. Der Mann stimmt ihm zu, ist aber überzeugt, dass der Adler jetzt ein Huhn ist, weil er sich wie ein solches verhält. Im Gespräch einigen sich die beiden Männer darauf, gemeinsam zu ergründen, ob der Adler ein Adler oder ein Huhn sei. Drei Mal ermuntert daraufhin der Naturkundige das Tier, seine Flügel auszubreiten und zu fliegen. Zunächst hält er es an seinen in die Luft gestreckten Armen in die Höhe. Am zweiten Tag steigt er mit ihm auf ein Dach und streckt wiederum seine Arme aus. Als auch das keine Wirkung zeigt, geht er am dritten Tag mit ihm in der Frühe auf einen hohen Berg. Hier geschieht das Unerwartete, aber doch Erhoffte: Als der Adler nun in die Sonne blickt, durchfährt ihn ein Zittern. Auf einmal breitet er seine Flügel aus und schwingt sich mit einem lauten, befreienden Schrei in den Himmel. Und kehrte nie wieder zurück – so heißt es in der Geschichte.

Was für eine Befreiung muss das für diesen Adler gewesen sein: fliegen zu können, statt auf der Erde zu sitzen und Futter zu picken. Frei seine Bahnen zu ziehen und zu spüren, was wirklich in ihm steckt, wer er wirklich ist. Er lässt natürlich in diesem Moment auch den Ort zurück, der ihm in den vielen Jahren, in denen er bei den Hühnern lebte, ein Zuhause geworden war. Dort war er sicher, hatte zu fressen und musste sich um nichts sorgen. Jetzt muss er selbst für sich sorgen, seine Beute selbstständig erjagen. Aber andererseits hat er auch alle Freiheit, endlich der zu sein, der er von seinem Wesen her immer schon war. Wer diese Erfahrung einmal gemacht hat, wird sich nicht mehr freiwillig in ein Huhn zurückverwandeln, auch wenn die Risiken, als Adler zu leben, vielleicht größer sind. Wer es einmal geschafft und einen Weg gefunden hat, sein ganzes Potenzial zu leben, ihm Raum zu geben, der will nicht mehr dahinter zurück. Dennoch gibt es viele Menschen, die aus Angst vor dem Neuen und unbekannten Leben lieber »ein Huhn« bleiben und mit den Beschränkungen und der Unfreiheit vorliebnehmen. Es braucht großen Mut, um sich der eigenen Freiheit und Größe zu stellen.

Damit das gelingen kann, brauchen Menschen den Zuspruch und die Ermutigung anderer. Es braucht jemanden, der meine Begabungen und Talente erkennt, sie fördert und Rahmenbedingungen schafft, dass ich sie erkenne und lebe. Es braucht das Vertrauen des anderen in meine Größe. Dann kann ich auch mir selbst vertrauen und nach und nach entdecken, was ich zu schaffen fähig bin.

Der kleine Mönch ist vom Vertrauen des Abtes ebenfalls überrascht. Er versteht nicht ganz, warum er ausgerechnet ihm die Stellvertretung zutraut – er, der es sich selbst wohl nicht zugetraut hätte. Aber wenn sein eigener Abt es tut, ihn dazu ermutigt, dann kann und darf er es auch sich selbst zutrauen und Vertrauen in seine Fähigkeiten haben. Also wagt er den Schritt und sieht es als einen Gefallen, den er dem Abt tut.

Ich glaube, dass das auch die Haltung Jesu den Menschen gegenüber ist, die ihm begegnen. Er sieht die Möglichkeiten, die in ihnen stecken, er sieht das Eigentliche. Zum Beispiel bei Zachäus. Der Zöllner Zachäus aus der Stadt Jericho war bei den Menschen unbeliebt. Zöllner hatten zu seiner Zeit einen schlechten Ruf, nicht zuletzt, weil sie mit der Besatzungsmacht Israels, den Römern, zusammenarbeiteten und in deren Namen Steuern eintrieben.

Darüber hinaus war bekannt, dass Zachäus sich an den Einnahmen persönlich bereicherte und es sich auf Kosten der anderen gut gehen ließ. Als Jesus eines Tages nun nach Jericho kam und Zachäus von seiner bevorstehenden Ankunft erfuhr, wollte er ihn unbedingt sehen. Vermutlich hatte er viel von ihm gehört und war neugierig auf diesen Mann, um den sich so viele Geschichten rankten. Da Zachäus klein war und die vielen Menschen, die auch wegen Jesus gekommen waren, ihm den Blick versperrten, kletterte er auf einen Baum, um ihn sehen zu können. Als Jesus dann tatsächlich in die Stadt einzog, entdeckte er Zachäus und sprach ihn an: »Zachäus, komm schnell herunter! Denn ich muss heute in deinem Haus bleiben« (Lk 19,5). Bei den Menschen zu bleiben, ihnen zur Seite zu stehen, sich ihnen mit ganzer Aufmerksamkeit und innerer Achtsamkeit zuzuwenden, das war die Haltung Jesu. Zachäus, wahrscheinlich völlig überrascht von dieser Selbsteinladung Jesu, nahm ihn in sein Haus auf, aß und trank mit ihm. Die Tatsache, dass Jesus, von dem alle sprachen, dessen Wunderheilungen legendär waren, den manche für Gottes Sohn und den Erlöser hielten, bei ihm zu Gast war, bewegte ihn sehr in seinem Herzen. Aber noch wichtiger war wahrscheinlich in diesem Moment, dass da jemand war, der ihm völlig unvoreingenommen begegnete. Jesus hat Zachäus nicht in eine Schublade gesteckt. Er sah in ihm nicht den Zöllner, den Kollaborateur, den Korrupten, der sich an den anderen bereichert. Stattdessen wollte er bei ihm zu Gast sein, mit ihm das Brot teilen, ihm wahrscheinlich auch zuhören, vielleicht fragen, warum er diesen Job machte, warum er so geworden war, wie er jetzt ist. In der Bibel steht nichts davon, dass Jesus ihn belehrt oder ihm gesagt hätte, dass er sich doch ändern müsse oder könnte. Allein das Dasein Jesu, sein Zuhören, die liebevolle Aufmerksamkeit bewirken, dass er von sich aus eine Wandlung vollzog. Zachäus sagte zu ihm: »Siehe, Herr, die Hälfte meines Vermögens gebe ich den Armen, und wenn ich von jemandem zu viel gefordert habe, gebe ich ihm das Vierfache zurück« (vgl. Lk 19,1–10). Was geschieht in einem solchen Menschen, der auf einmal ein anderer wird, der auf einmal umdenkt und versteht, welches Unrecht er begangen hat?

Zachäus hat das echte Interesse Jesu an seiner Person gespürt. Jesus hat ihm in sein Wesen geschaut und gesehen, wie einsam er war. Sozial isoliert und voller Hunger nach Zuwendung. Jesus sieht sein Bedürfnis und sein Potenzial. Deshalb sagt er zu ihm: »Mit dir will ich an einem Tisch sitzen.« Diese Zuwendung verwandelt Zachäus in einen Menschen, der auf einmal gibt statt zu nehmen, andere einlädt statt sich abzukapseln. Deshalb konnte Jesus zu Zachäus sagen: »Heute ist diesem Haus Heil geschenkt worden, weil auch dieser Mann ein Sohn Abrahams ist. Denn der

Menschensohn ist gekommen, um zu suchen und zu retten, was verloren ist« (Lk 19,9–10). Das ist die Bewegung, die Gott vollzieht: Er wendet sich dem Menschen zu und gibt ihm darin die Möglichkeit und Chance zur Veränderung. Das ist das Gegenteil von dem, was in vielen Religionen und häufig auch heute noch gelehrt wird: dass man selbst erst etwas leisten muss, sich erst bekehren, Buße tun muss, damit man von Gott anerkannt und gesehen wird. An Zachäus wird deutlich: Gott wendet sich erst den Menschen zu – und dadurch können sie sich wandeln und ihr Leben ändern. Mein Zutrauen in mich selbst und meine Fähigkeiten, mein Selbstvertrauen wächst durch das Vertrauen anderer in mich – durch das Vertrauen Gottes und das anderer Menschen.

Vertrauen, Zutrauen, Zusprache ist also für Menschen so etwas wie Kraftstoff für ein Auto, noch mehr: Lebenselixier. Es lässt sie über sich hinauswachsen und macht echten Wandel möglich. Das heißt nicht, dass dieses Vertrauen nicht auch enttäuscht werden kann. Aber so oft kostet es so wenig, andere zu motivieren und zu unterstützen, ihnen ein gutes Wort zu schenken, ein Schulterklopfen, eine Anerkennung. Wie viel mehr Energie braucht es dagegen, sie kleinzumachen und kleinzuhalten ...

Fürchte dich nicht!

Im Sommer 2021 habe ich meinen fünfzigsten Geburtstag gefeiert. Zu diesem Anlass gestaltete ich eine Ausstellung. Unter dem Titel »UnterWegs« zeigte ich eigene Bilder und Skulpturen. Bei der Eröffnung war es mir ein Anliegen, mich ausdrücklich bei meinem derzeitigen Abt zu bedanken. Er war mein Novizenmeister und damit für meine Ausbildung im Kloster zuständig. Als ich vor fast zwanzig Jahren im Noviziat die Idee hatte, etwas mit Bildhauerei zu machen, hat er das sehr gefördert und mir darin Fortbildung ermöglicht. Er hatte gespürt und verstanden, was ich damit meinte und wollte und was da in meinem Inneren angesprochen war. Vielleicht auch, was für ein Potenzial in mir ist, das jetzt wachsen und sich entfalten wollte. Es ist stärkend, wenn man erfährt, dass das Vertrauen in sich selbst, das Vertrauen auf das eigene Gespür, was jetzt dran ist, von anderen bestätigt wird.

Und wie wesentlich die Gestaltung von Bildern, Steinen, Skulpturen, wie sehr der Umgang mit Pinsel, Hammer und Meißel zu mir gehört, wurde mir dann genau an diesem

Geburtstag noch einmal ganz neu deutlich. Mein Bruder schenkte mir an diesem Tag eine Zeichenmappe meines Vaters. Ich wusste aus Erzählungen, dass er in dieser Richtung Talent hatte. Jetzt durfte ich das aber selbst in Augenschein nehmen. Ich freute mich wahnsinnig über dieses Geschenk. In der Mappe fanden sich Zeichnungen, die gut einhundert Jahre alt sind. 1908 geboren, hat mein Vater sie in seiner Schul- und Studienzeit angefertigt. Dass er das sichtbare Talent nicht weiter verfolgte und stattdessen Elektrotechnik studierte, war vielleicht der Zeit geschuldet. Da er das einzige von fünf Kindern war, das auf die höhere Schule gehen konnte, fühlte er sich vielleicht verpflichtet, einen soliden Beruf zu ergreifen und sich damit für die Möglichkeit, Abitur zu machen, dankbar zu zeigen. Natürlich kamen mir jetzt, wo ich diese Zeichnungen in Händen hielt, Fragen wie: Warum hat er das Zeichnen und Malen nicht weiterverfolgt? Hat er sich blockieren lassen? Wenn ja, warum hat er das zugelassen? Oder war sein Weg, wie er ihn dann gegangen ist, genau sein Weg? Antworten werde ich keine mehr bekommen. Mein Vater starb bereits 1987. Aber das Geschenk war für mich ein unglaublicher Ansporn, mir zu überlegen: Wie mache ich das Beste aus den Umständen, in denen ich lebe? Wie will ich jetzt und heute die geerbte Begabung im Kreativen leben? Welchen Raum gebe ich dem und wie setze ich mich dafür leidenschaftlich ein? Ich spürte in mir eine große Dankbarkeit für all das, was bisher in diesem Bereich möglich war und was sich entwickeln durfte. Und ich war meinem Abt unglaublich dankbar, dass er diese Begabung in mir gesehen hatte, dass er mir zutraute, dass sich daraus ein Weg – der Weg für mich – ergeben würde. Weil mein Vater das nicht mehr für mich tun konnte, hatte mir der Abt den Rücken gestärkt und mir geholfen, an mich selbst zu glauben.

Benediktinisches Leben habe ich bis heute als genau das verstanden: Entfaltung der Gaben, Entwicklung von Selbstvertrauen. Benedikt drückt das mit dem Wort »Hören« aus. Es ist das erste Wort in seiner Regel, die er für die Mönche geschrieben hat: »Höre, mein Sohn, auf die Weisung des Meisters, neige das Ohr deines Herzens, nimm den Zuspruch des gütigen Vaters willig an und erfülle ihn durch die Tat!« (RB, Prolog 1). Es geht um ein Hören auf Gott und auf seine Stimme in mir. Seine Absicht, sein Wunsch ist es, dass sich das in mir entfaltet, was meinem Lebendigsein dient.

Ich kenne Menschen, denen ist ihre eigene Lebendigkeit beinahe ausgeredet worden. Aus Angst. Ich erinnere mich zum Beispiel an eine Frau, die gerne Hebamme geworden wäre. Ihre Mutter war dagegen, wahrscheinlich, weil sie ihre eigenen Ängste auf die Tochter übertrug. Sie meinte, bestimmt könne die Tochter kein Blut sehen – und schließlich schaffte sie es wirklich, ihr den Beruf auszureden. Andere haben vielleicht ein schauspielerisches Talent. Doch wenn sie ihren Berufswunsch äußern, bekommen sie von den Eltern zu hören: »Lern erst mal was Anständiges. Schauspielerei ist doch brotlose Kunst!« In beiden Fällen haben die Eltern ganz sicher eine reale Angst gehabt, nämlich ob dieser Beruf für die Kinder geeignet ist bzw. ob sie den eigenen Lebensunterhalt damit bestreiten können. Auf der anderen Seite bin ich zutiefst davon überzeugt: Wenn man entschlossen, sehnsüchtig und leidenschaftlich einen Weg beginnt, mit und aus ganzem Herzen sozusagen, dann bahnt sich dieser Weg unter den eigenen Füßen. Und man wird auf diesem Weg gehen und leben können.

Eine Frau, mit der ich kürzlich sprach, schilderte mir die Situation, in der ihre Tochter gerade steckte. Sie war in eine Sinnkrise geraten und stand kurz vor einer therapeutischen Behandlung. Ich spürte die Ohnmacht der Mutter, ihr Einsehen, dass sie eigentlich nichts tun kann, und wie weh es ihr tat, ihre Tochter leiden zu sehen. Das Einzige, wie sie ihrer Tochter zu helfen versuchte, waren Ratschläge, die sie ihr ab und an gab. Doch die Tochter nahm sie nicht an, wie sie mir erzählte. Ich musste ihr leider sagen, dass auch Ratschläge Schläge seien, um es auf den Punkt zu bringen. Sie helfen oft nicht weiter und verstärken eher den Widerstand, statt eine Lösung zu eröffnen. Ich sagte ihr, das Einzige, was sie tun könne, sei, der Tochter einen Raum anzubieten, in dem sie sein, sich aussprechen kann, sich aufgehoben fühlt und ermutigt wird, durch diese Krisenzeit hindurchzugehen, sie durchzustehen – in dem Vertrauen, dass es gut werden wird.

In der Geschichte vom kleinen Mönch gibt auch Vater Abt ihm keine Ratschläge und schreibt ihm vor seiner Abreise auf, auf was er alles achten muss, was er zu tun und zu lassen hat. Er vertraut einfach darauf, dass das der kleine Mönch selbst weiß und in sich spürt, was notwendig und richtig ist, was zu tun ist. Ist also ein Mensch in der Krise, sucht er seinen Weg, dann ist die größte Unterstützung für ihn: da sein, zusammen aushalten, an den anderen glauben, ihm den Rücken stärken, ihm sagen, dass er es schafft. Auch Jesus hat Menschen in der Krise, in der Verzweiflung, in der Krankheit gefragt: Was brauchst du? Was willst du, dass ich dir tue? Er hat das eigene innere Wissen des Menschen bestärkt, ihn ermutigt, sich selbst zu vertrauen und dann mutig seinen Weg zu gehen.

In solchen Fällen braucht auch ein benediktinischer Abt ein gutes Gespür. Nach der Regel Benedikts trägt der Abt die letzte Verantwortung dafür, dass sich jeder Mönch im Kloster wohlfühlt, seinen Platz findet, seine Berufung und Gaben entfalten, seinen Weg gehen kann. Der Abt muss sich im Hinblick auf die ihm anvertrauten Mönche stets fragen: Wo fördere ich sie? Wo überfordere ich jemanden? Wo laufe ich Gefahr, jemandem meinen eigenen Willen überzustülpen? Wie kann ich meinen Mönchen mein Vertrauen in sie am besten zeigen? Jedem, der ins Kloster eintritt, ist meiner Ansicht nach ein Vorschussvertrauen zu geben, mit der inneren Haltung: Wenn Gott uns diesen Menschen geschickt hat, dann hat er hier auch etwas mit ihm vor. Wie dieses Vorhaben Gottes mit dem neuen Mönch aussieht und welche Gestalt es gewinnen will, gilt es gemeinsam herauszufinden. Und eigentlich ist das doch die Haltung, die wir jedem Menschen gegenüber leben sollten: Wenn mir dieser oder jener Mensch geschickt oder geschenkt wurde in meinem Leben, dann wird das Leben oder Gott etwas mit mir und ihm vorhaben. Und daher schenke ich ihm zunächst einmal einen Vertrauensvorschuss. Wenn Jesus darauf hinweist, dass alles, was wir für andere Menschen tun, auch ihm gilt, macht er deutlich, dass wir in jedem anderen ihm selbst und damit Gott begegnen (vgl. Mt 25,40). Dann sind andere Menschen nicht nur Menschen, die uns von Gott in unser Leben geschickt werden, sondern Gott selbst. Vertrauen, dass wir ihnen entgegenbringen und schenken, ist im wahrsten Sinn des Wortes auch Gottvertrauen.

Jeder Mönch und jeder Mensch muss sich aber selbst fragen: Welchen Weg gehe ich? Welche Angst, welche Sorgen erlaube ich mir? Welche Kühnheit? Welches Abenteuer wage ich? Traue ich der Sehnsucht, die mich ruft? Traue ich meinen Begabungen, meinen Fähigkeiten? Wunderbar auf den Punkt bringt das ein Text von Karl Rahner, den er als Meditation zum Dreikönigstag verfasst hat. Darin schreibt Rahner von den drei Heiligen aus dem Morgenland. Sie entdecken den Stern von Betlehem am Himmel und brechen auf, um ihm zu folgen. Er weckt in ihnen eine Sehnsucht, der sie nachgehen möchten. Rahner spricht davon, dass sie der »Kühnheit ihres Herzens« folgen und aufbrechen. Dass sie das Abenteuer wagen. Wie verrückt ist denn ein solches Unternehmen? Aufbrechen, weil man dem Stern folgen will oder muss? Würden wir solche Menschen, die einem Stern folgen, nicht eher in die esoterische Ecke stellen? Aufbrechen, weil man meint, von etwas Größerem gerufen zu werden, das einem Sinn gibt? Vielleicht würden wir sogar eher zu einer psychologischen Behandlung raten.

Drei Gaben – so sagt Rahner – führen diese Männer mit sich: Gold, Weihrauch, Myrrhe. Diese wollen sie dem neugeborenen König bringen, dessen Geburt sie durch den Stern angekündigt sehen. Für Rahner sind diese Gaben Symbole für Liebe, Sehnsucht und Schmerzen. Gerade auch Schmerzen gehören zum eigenen Weg, zum eigenen Leben dazu. Der Schmerz über Verwundungen, die man erleidet – auch im seelischen Bereich. Rahner spricht daher von der Unvollkommenheit eines solchen Weges, vom Nicht-Perfekten. Er spricht über die Menschen am Wegesrand, die »ernsthaft dumm« ihren Alltagsgeschäften nachgehen und die Pilgernden, die ihrer Sehnsucht folgen, mitleidig belächeln. Es kann wehtun, wenn andere den eigenen Weg nicht unterstützen, sondern nur mitleidig belächeln, wenn sie ihm keine echte Chance einräumen, man selbst als Träumer abgetan wird oder als Verrückter.

Es ist eine Realität, mit der sich auszusöhnen in meinen Augen eine Lebensaufgabe ist: In meinem Kloster und in meinem Leben, aber auch in jedem Leben ist nicht immer alles ideal oder so, wie ich es gerne hätte. Das Perfekte gibt es nicht und wird es nicht geben. Darin eingeschlossen ist die perfekte Ausgabe meiner selbst. Leider lassen sich viele Menschen dadurch davon abhalten, ihrer Sehnsucht zu folgen. Sie bleiben sozusagen lieber im Hühnerstall sitzen, statt als Adler die Schwingen auszubreiten, weil sie nicht wissen, ob sie dann nicht auch mal eine Bruchlandung hinlegen. Oder ob sie immer etwas zu essen finden, weil sie das mit der Jagd erst noch üben müssen.

Was ist denn so schlimm daran, wenn etwas nicht gelingt oder man es üben muss, damit es gelingt? Warum ist unsere Zeit heute so sehr darauf fixiert, dass man keine Fehler machen darf? Sobald jemand das (gerade in der Öffentlichkeit) tut, fallen Menschen wie die geifernden Tiere über andere her und zerfleischen sie mit Worten. Haben die noch nie einen Fehler gemacht? Was geht denn kaputt, wenn man einen Fehler macht, ihn zugibt und es beim nächsten Mal besser macht?

Ich erinnere mich an kein einziges schlechtes Wort von meinem Vater. Brachte ich eine schlechte Note nach Hause, schaute er sich diese kurz an und sagte dann: »Beim nächsten Mal wird es besser.« Mehr nicht. Diese Anmerkung war mehr Ermutigung und Hilfe als es jede pädagogische Intervention hätte sein können. Mit anderen Worten sagte mein Vater hier nichts anderes als: »Glaub an dich, ich tu es auch! Hab keine Angst!« Es ist das Zutrauen anderer, um das es geht, das einen selbst stärkt. So wie es auch im Handeln des Abtes dem kleinen Mönch gegenüber deutlich wird: Hab keine Angst, auch keine Angst vor Fehlern. Du wirst dich vielleicht verletzten, aber dadurch stärker aus der Situation hervorgehen. Bleib bei deiner Sehnsucht, bei deinem »Stern«, an den du sie bindest. Lass dich nicht vom Weg abbringen. Entscheidend sind das Aufstehen und Weitergehen, wenn man hingefallen, gestolpert ist. Es gilt, der eigenen Sehnsucht zu folgen und nicht von ihr zu lassen. So wie Gott auch nicht vom Menschen lässt, von seiner Sehnsucht nach ihm – trotz all seiner Fehler und Schwächen. Er bleibt bei seinen Geschöpfen – bedingungslos.

Dass einer da ist, uns den Rücken stärkt – diese Zusage brauchen wir Menschen. Von Menschen und von Gott. Letztlich ist das auch die Zusage Jesu an die Menschen, denen er begegnet und die er heilt: »Steh auf, hab keine Angst, vertrau!« Manchmal ist es gar nicht so sehr der persönliche Zuspruch, der hilft, den eigenen Weg trotz Widerständen zu gehen. Manchmal ist es vielmehr das Zeugnis anderer, das zeigt: Ich bin mit meinen Ängsten nicht allein. Und auch nicht mit meinen Fragen, meinen Zweifeln, meinen eigenen »Dämonen«. Es gibt andere, denen geht es genauso. Sie haben es geschafft, sich damit auseinanderzusetzen, ihren Weg, ihren Umgang damit zu finden, ohne die Ängste und die Zweifel zu verleugnen.

Das wurde mir besonders deutlich, als ich für eine Gruppe von jungen Ordensmännern im Rahmen eines einwöchigen Seminars zum Thema »Sexualität« einen Vormittag zum Thema »Sexualität in der Bibel und Kunst« gestaltete. Im Anschluss bedankten sie sich für meine Ehrlichkeit und Offenheit. Mein Erzählen vom eigenen Ringen um den Weg als Mönch, meine Auseinandersetzung mit meiner Sexualität, mein Berichten über mein Suchen nach Gestaltung dieser kreativen Kraft in mir, mein Umgang mit ihr im Rahmen des Gegebenen und ohne diese zu unterdrücken, war Ermutigung für diese Gruppe. Ich habe ihnen gesagt, dass alles andere doch nichts nütze, das heißt, wenn ich nur über mein Ideal rede, das Thema theoretisch bespreche, sich das aber nicht mit den realen Erfahrungen von Menschen und Mönchen deckt. So wie ich es aus meiner Erfahrung und dem Erzählen anderer kenne, ist dieses Thema auch eines, das einem ein Leben lang bleibt und mit dem jeder immer wieder seinen ganz eigenen Umgang finden muss. Und das betrifft nicht ausschließlich Ordensleute. Es ist genauso Thema in Ehen, bei Männern und Frauen, die ungewollt alleine leben. Ich muss nicht mit dem Tag des Eintritts ins Kloster die perfekte Lösung dafür haben, es darf ein »trial and error« sein, ein Suchen und Fragen. Stärkend, aufbauend, ermutigend ist das Erzählen, Teilen und Wahrnehmen: Ich bin mit meinem Suchen, Fragen, Ringen nicht allein. Und es ist entlastend, einander die Erlaubnis zu geben, dass das Leben nicht perfekt ist und ich es auch nicht sein muss. Entscheidend ist, weiterzugehen. auf dem Weg zu bleiben, die Bereitschaft zur Entwicklung zu haben und das Vertrauen in mich, in die anderen, in das Leben und Gott nicht zu verlieren.

»Nach der Eigenart und Fassungskraft jedes Einzelnen soll er (der Abt) sich auf alle einstellen und auf sie eingehen. So wird er an der ihm anvertrauten Herde keinen Schaden erleiden, vielmehr kann er sich am Wachsen einer guten Herde freuen.«

Regel Benedikts 2,32

»Denn in seiner Güte sagt der Herr: ›Ich will nicht den Tod des Sünders, sondern dass er umkehrt und lebt.‹«

Regel Benedikts Prolog,38

»Vertrauen stärkt, sich sorgen schwächt.«

P. Meinrad Dufner OSB

Fragen

Wer hat wodurch dein Selbstvertrauen gestärkt?

Wer hat dir vertraut, an dich geglaubt, dich gefördert?

Was ist dir schon alles anvertraut und zugetraut worden?

Welches Bild hast du von dir selbst?

Gibt es Menschen, denen du eine solche Stütze warst, denen du Selbstvertrauen schenken konntest? Wie hast du das gemacht?

Welcher Mensch in deinem Umfeld bräuchte eine Ermutigung von dir? Einen Zuspruch? Ein »ich vertraue dir!«?

Übungen

Auf einer Skala von 1 bis 10: Wie groß ist dein Selbstvertrauen? Überlege: Was bräuchte es, damit es wächst? Was davon kannst du dir selbst schenken/geben?

Welche Persönlichkeiten faszinieren dich? Personen der Bibel (Moses, Abraham, Jesus, Paulus), Heilige (Benedikt, Franziskus, Klara, Elisabeth), PolitikerInnen, SchauspielerInnen, SchriftstellerInnen, Menschen aus deinem privaten Umfeld?

Welche Charaktereigenschaften dieser Menschen beeindrucken dich? Nimm dir ein Bild von einer dieser Persönlichkeiten, betrachte es, vertrau dir und sag dir: »Diese Kraft, diese Stärke, dieses Vertrauen ist auch in mir – ich gehe meinen Weg, aufrecht und klar!«

Stell dich – am besten in der Natur – bewusst auf die Erde. Wenn du magst, kannst du das auch barfuß tun. Spüre den Boden unter dir. Nimm wahr, dass du mit beiden Füßen und Beinen auf der Erde stehst und sie dich trägt, dass du – im wahrsten Sinn des Wortes – festen Boden unter den Füßen hast. Du kannst jetzt einige Male ausatmen und deine Gedanken, auch Sorgen loslassen. Nimm dein festes Stehen auf der Erde einige Minuten bewusst wahr. Fühle dich von Mutter Erde getragen. Hab Vertrauen in dich und das Leben, in das du gestellt bist.

Die Glocke läutete und so gingen sie zum Mittagsgebet und dann zum Essen. Als alle fertig waren, erhob sich der Abt von seinem Platz im Speisesaal und hielt eine kurze Ansprache, in der er sich von seinen Mönchen in den Urlaub verabschiedete. Dann rief er den kleinen Mönch zu sich, ließ ihn auf seinen Stuhl Platz nehmen und verkündete: »Und er wird in der Zwischenzeit eure Gemeinschaft führen.« Die anderen Mönche waren erstaunt, nickten dem kleinen Mönch aber freundlich zu, und ihm war, als ob er wieder ein Stück wachsen würde.

Nach dem Essen half der kleine Mönch dem Abt, seine Koffer zum Auto zu tragen und blieb nach der Verabschiedung noch am Tor des Klosters stehen, bis das Auto um die nächste Kurve gebogen war.

Nun stand der kleine Mönch alleine da und ihm wurde etwas schwer ums Herz. »Na ja, wird schon gutgehen«, dachte er bei sich, »Ich vertraue mal darauf …« und ging zurück ins Haus.

Der Abt hatte ihm den Schlüssel für sein Arbeitszimmer überlassen und er konnte der Versuchung nicht widerstehen, sich noch einmal in diesen bequemen Sessel zu setzen.

Lange währte die Freude jedoch nicht, denn schon bald klopfte es an der Tür. Der kleine Mönch öffnete, und vor ihm stand der Mönch, der in dieser Woche Koch des Klosters war:

»Entschuldigung, dass ich störe«, begann er, »aber Vater Abt hat vergessen mir zu sagen, was ich am Tag seiner Rückkehr zum Mittagessen kochen soll.«

»Ah«, sagte der kleine Mönch, und dachte kurz nach – er glaubte nämlich nicht wirklich, dass der Abt es vergessen hatte. Und dann beschloss er, etwas auszuprobieren: »Ich hätte gerne mit Reis gefüllte Paprika zum Mittagessen!«

Der Koch stutzte kurz: »Oh, das hab ich ja noch nie gemacht. Ob ich das hinbekomme?«

»Ich vertraue dir«, sagte der kleine Mönch.

Anders geht's auch

Neue Besen kehren gut – sagt man. Kaum ist der kleine Mönch im Amt als Vertreter des Abtes, macht er etwas, das es noch nie gegeben hat: Er bittet den Koch, ein neues Gericht auszuprobieren. Und auf dessen Zweifel, ob ihm das wohl gelingt, lässt er ihn mit dem gleichen Satz stehen, den ihm der Abt gesagt hat: »Ich vertraue dir.« Er gibt also sogar wörtlich das Vertrauen, das der Abt ihm zugesprochen hat, einfach weiter.

Ich erinnere mich, als ich nach meiner Priesterweihe das Amt des Schulseelsorgers übernahm. Mein Vorgänger in diesem Amt war ein »Allrounder« – immer und überall präsent, stand er immer zur Verfügung, wenn jemand gebraucht wurde. Dadurch war er auch in der großen Schulfamilie bekannt und natürlich beliebt. Ich spürte, wie groß die Fußstapfen waren, die er hinterlassen hatte. Mir half da nur eins: Mir vorzunehmen, dass ich mich nicht mit ihm vergleiche oder versuche, ihn zu kopieren. Das hätte mich wahrscheinlich nur in eine innere gebeugte Haltung gebracht, weil ich immer das Gefühl gehabt hätte, dass mein Vorgänger in allem besser gewesen ist. Ich musste meinen eigenen Stil finden, meine Art, diese Aufgabe auszufüllen.

Was ich erfahren habe, das gilt auch im »Großen«: Als Papst Franziskus gewählt wurde, zog mit ihm ein neuer Stil in den Vatikan und das Papstamt ein. Bis dahin war es schon undenkbar, dass ein Papst für sein Pontifikat diesen Namen wählt. Der heilige Franziskus war sicher vieles, aber als Vorbild für einen Papst schien er wirklich nicht zu taugen. Er lebte so ganz anders als das, wofür das Papstamt lange Jahrhunderte stand: Macht, Autorität, weltumspannende Verantwortung, Stellvertretung. Ausschlaggebend für die Namenswahl war wohl der Hinweis eines Kardinals in der laufenden Papstwahl, als deutlich wurde, dass es auf den Erzbischof von Buenos Aires hinauslaufen würde. Er sagte: »Vergiss die Armen nicht.« Franziskus von Assisi hat sich sein ganzes Leben lang für die Armen eingesetzt. Sie waren ihm besonders wichtig.

Schaut man heute objektiv auf die Amtsjahre von Papst Franziskus, so muss man sagen, dass er fast zehn Jahre nach seiner Wahl in der Lehre der Kirche de facto nichts geändert hat. Weder hat er die »viri probati« eingeführt (die Priesterweihe für im Glauben und christlichen Leben bewährte verheiratete Männer) noch den Zölibat aufgehoben noch das Diakonat der Frau erlaubt; auch in der Frage der Homosexualität und der Akzeptanz anderer, nicht heterosexueller Partnerschaften ist er nicht eindeutig. Er ruft zwar dazu auf, diese nicht zu verurteilen, ändert aber die

Lehre der Kirche im Hinblick auf Sexualität nicht; er sagt konfessionsverschiedenen Eheleuten zwar bezüglich des Kommunionempfangs, sie sollten den Herrn fragen und mutig ihren Weg weiter fortsetzen, aber offiziell ändert sich nichts. Dennoch ist sein Stil ein anderer, die Art und Weise, das Evangelium zu verkünden, glaubwürdiger: Er verzichtet auf allen Prunk, auf Dinge wie die berühmten roten Schuhe, er benutzt einen einfachen Kleinwagen statt einer Limousine, macht spontane Besuche innerhalb und außerhalb Roms bei Ordensgemeinschaften, in Krankenhäusern und Gefängnissen, reist in Krisengebiete der Erde. Man spürt: Er will den Menschen nahe sein.

In der Initiative »#OutInChurch« haben sich Menschen zusammengeschlossen, die in der katholischen Kirche arbeiten oder arbeiten wollen und queer sind, also eine andere sexuelle Identität und Ausrichtung haben, als laut katholischer Lehre erlaubt ist. Mit ihrer Initiative treten die Initiatoren und die Unterzeichner des Manifestes für ein freies und von Anerkennung der Würde aller getragenes Zusammenleben und Zusammenarbeiten in der katholischen Kirche ein. Der Claim der Initiative ist: »Für eine Kirche ohne Angst«. Denn bisher war und ist es so, dass Menschen mit anderer als heterosexueller Ausrichtung und eindeutig männlicher oder weiblicher sexueller Identität in der Kirche arbeitsrechtliche Konsequenzen bis hin zur Kündigung drohen, wenn dies bekannt wird, weil dies der gültigen Lehre der Kirche widerspricht. Wenn Franziskus an anderer Stelle einmal gesagt hat, dass jeder in der Kirche angstfrei seine Meinung sagen können muss, dann bedeutet das aber in der Konsequenz auch, dass die Identität eines jeden Menschen anerkannt, die vielfältigen Formen von Liebe und Sexualität gewürdigt und die Würde eines jeden Menschen geachtet werden muss. Dass infolge der Initiative »#OutInChurch« die deutschen Bischöfe das katholische Arbeitsrecht ändern wollen, damit eben kein Mensch mehr aufgrund seiner sexuellen Orientierung und seiner privaten Lebensführung diskriminiert werden kann und keine Angst mehr haben muss, ist ein neuer Stil, den sie sich beispielsweise unter Benedikt XVI. nicht getraut hätten zu leben.

Den Menschen die Angst zu nehmen, war auch das Anliegen Jesu. Keiner sollte sich mehr vor Gott fürchten müssen. Keiner sollte mehr denken, er werde von ihm wegen seiner Sünden bestraft – ob mit Krankheit oder irgendeinem anderen Schicksalsschlag. Jesu Stil ist es, den Menschen von einem barmherzigen, liebenden, mit den Menschen solidarischen Gott zu erzählen. Deshalb wird er auch nicht müde, ihnen zu sagen, dass sie Gott vertrauen können und von ihm getragen sind. Der Jesuit Christoph Wrembek spricht sogar von einem »entgrenzten Gott«, der in keine Vorstellungsmuster passt, in keine Festlegungen und Definitionen. Das, was wir heute Kirche nennen, von der es in der Bibel heißt, dass Jesus sie auf Petrus bauen wollte (vgl. Mt 16,18), sei von der ursprünglichen Bedeutung des Wortes her nichts anderes gewesen als eine Sammelbewegung. Das Wort, das Jesus wahrscheinlich in diesem Zusammenhang verwendet hat, meint also nicht Kirche in unserem heutigen Sinn, sondern »Sammlung«. Gott ist der, der die Menschen sammeln möchte – und zwar inklusiv, nicht exklusiv, also nur die Frommen und Gerechten, schon gar nicht nur die Katholiken. Wrembek meint, Gott sammle und suche alle Menschen, bis er sie gefunden habe. Auch noch »den Letzten, hinter allen Grenzen!« (vgl. Wrembek, Der entgrenzte Gott, S. 44–46).

Der Name Gottes im Alten Testament weist ebenfalls darauf hin. Er selbst nennt sich gegenüber Mose »Jahwe« (Ex 3,14). Üblicherweise wurde dies bisher mit »Ich bin der ›Ich-bin-da‹« übersetzt. Die hier in der deutschen Sprache vorgenommene männliche Festlegung Gottes entspricht aber nicht der hebräischen Sprache. Diese kennt kein geschlechtlich bestimmtes Relativpronomen. Richtiger ist demnach eine Übersetzung mit »Ich bin, was ich bin.« Und die Zusage Gottes an Mose, dass er der von Gott Gesandte ist, würde dann lauten: »›Ich bin‹ hat mich gesandt« statt »Der ›Ich bin‹ hat mich gesandt.« Gott ist also »Ich bin«. Gott ist pures Sein und ist nicht festzulegen in diesem Sein, so wie es die Kirche jedoch manchmal tut, wenn sie zum Beispiel sagt, Gott sei nirgends so intensiv da und gegenwärtig wie in den Sakramenten. Dann wird dies zum Gegenargument, wenn Menschen sagen, dass sie Gott am stärksten in der Natur erfahren und Kirche ihnen gar nichts gibt. Wenn Gott aber das Sein ist, kann es keine verschiedenen Grade seines Seins geben. Gott ist oder er ist nicht. Sein »Ich-bin« heißt: Ich bin das Sein, ich bin in allem Lebenden da und gegenwärtig, mit meinem Sein durchdringe ich alles. Jesus als gestaltgewordenes Sein Gottes wird später sagen: »Ich bin das Leben.« Überall, wo Leben ist, ist Gott – sei es in Pflanzen, Tieren, Menschen, dem Universum. Gott ist der Schöpfer allen Lebens, durchdringt es und bejaht darin alles Lebende und Lebendige und ist so der solidarische Gott.

Hat Gott sich diese Solidarität aber bereits in den Anfängen der Bibel in seinen Namen selbst hineingeschrieben, wird er immer schon so gewesen sein – nicht erst seit Jesus ihn als solchen verkündete. Nur Menschen haben Gott festlegen, definieren und andere im Namen dieses Gottes ausgrenzen wollen. Daher ist der Stil Jesu, diesen Gott zu verkünden, eigentlich nicht neu. Neu ist, dass er es ausspricht und benennt, weitererzählt und Gott von den menschlich festgelegten Definitionen und Eigenschaften, von der Patina der Jahrhunderte befreit.

Kürzlich war ich in Flüeli. Dieser kleine Ort in der Nähe von Luzern in der Schweiz ist die Heimat und der Wirkungsort von Bruder Klaus von der Flüe. Er ist der Nationalheilige der Schweiz. Ihm ist es zu verdanken – so sagen die Geschichtsforscher –, dass die Eidgenossenschaft in einer Auseinandersetzung im 15. Jahrhundert nicht zerfallen ist. Als Bruder Klaus zu den Konfliktparteien an den Tisch gerufen wurde, schlossen diese anschließend Frieden miteinander. Bis heute ist nicht klar, was er den verschiedenen Lagern gesagt und ins Stammbuch geschrieben hat. Als ich mit einem Mitbruder darüber sprach, meinte er, wahrscheinlich habe Bruder Klaus nichts anderes gesagt als andere zuvor, aber die Art und Weise, wie er es gesagt habe, gepaart mit seinem einfachen Lebensstil als Einsiedler, sei beeindruckend und glaubwürdig gewesen – und so hätten sie ihm vertraut. Und Frieden geschlossen.

Das ist der entscheidende Hinweis: glaubwürdig zu sein, authentisch, nicht aufgesetzt zu leben. Denn wen man als echt empfindet, dem nimmt man auch ab, was er sagt und tut. Vielleicht war das auch beim kleinen Mönch so. Er hat sich überlegt: »Ach, jetzt machen wir dem Abt mal eine Freude und kochen ihm etwas Neues.« Und wahrscheinlich hat er gar nicht darüber nachgedacht, ob der

Koch das kann. Aber er macht ihm klar: Ich vertraue dir. Du kannst das. Der Koch wird sich vielleicht Rat und Hilfe geholt haben; er mag Kochbücher gewälzt und sich gefragt haben: Wie geht das denn? Neues zu wagen ist oft aufwendig, auch anstrengend – das Alte ist eingefahren, eingespielt, bekannt.

Wir haben das, was der kleine Mönch hier ausprobieren will, sozusagen als Gemeinschaft am eigenen Leib erfahren: Vor einigen Jahren bekamen wir einen neuen Koch, der erste, der nicht Mönch war, sondern verheirateter Familienvater. Auf einmal war der Speiseplan ein anderer. Was es jahrzehntelang immer montags zum Essen gegeben hatte, kam nicht mehr auf den Teller. Außerdem machte er den Montag neben Freitag und Mittwoch zu einem weiteren vegetarischen Tag. Für viele Mitbrüder war das unglaublich anstrengend, sich innerlich umzustellen und auf das Neue einzulassen. Und doch war es richtig. Zuletzt nicht auch deshalb, weil damit unser Essen gesünder wurde – und abwechslungsreicher.

Mönche leben in einem immer gleichen Rhythmus, einem Gleichklang der Tage – mit vielen Routinen und sehr viel Struktur. Ein Mitbruder hat dies einmal so ausgedrückt: »Ich weiß, dass am 22. März 2043, der ein Sonntag sein wird, ein Bier beim Abendessen auf dem Tisch stehen wird. Weil das halt jeden Sonntag so bei uns ist!« Doch gerade dann braucht die Routine auch das Durchbrechen, den anderen Stil, die Abwechslung.

Unser neuer Koch hat uns in dieser Richtung ganz schön in Schwung gebracht, denn es blieb nicht beim geänderten Speiseplan. Er lud uns auch in die Küche zum Feiern ein – und machte es damit anders, als es all die Jahre zuvor gewesen war. Ein neuer, sein neuer Stil. Überall gab es sozusagen kleine Ess-Stationen: in jeder Ecke der Küche etwas anderes, sodass wir umhergehen und von allem probieren konnten und dabei ganz anders ins Gespräch kamen, als hätten wir in der üblichen Tischordnung im Speisesaal gesessen. Gefüllte Paprika waren zwar nicht dabei, aber dafür gab es einige syrische Gerichte, da einer der Geflüchteten, die bei uns in der Abtei wohnen, aus Syrien kommt und damals eine Lehre als Koch bei uns angefangen hatte.

Beeindruckend war für mich auch meine erste Brasilien-Lesereise im Jahr 2016. Ich wurde gemeinsam mit Pater Anselm Grün eingeladen. Ein einheimischer Verlag hatte Interesse, auch meine Bücher zu verlegen. Als ich im Anschluss an eine Lesung gefragt wurde, ob ich denn der »neue Anselm« sei bzw. in seine Fußstapfen treten wolle, habe ich sehr ehrlich und spontan gesagt: »Mein Eindruck ist, dass meine Art, Bücher zu schreiben, Menschen anspricht und ihnen etwas gibt. Pater Anselm hat mit seinem Stil und seiner Art sehr viele Menschen erreicht. Aber es geht nicht darum, jetzt eine Kopie von ihm zu werden und mich damit in eine Rolle zu pressen. Vielmehr muss ich meine eigene Spur finden als Autor, meinen Stil.« Als darauf alle geklatscht haben, war ich erst überrascht, habe dann aber verstanden, was sie mir damit sagen wollten: dass sie mich in meiner eigenen Art und mit meinem Stil annehmen. Das hat mich gefreut. Dabei habe ich auch gespürt: Ich bin jünger als Pater Anselm und gehöre zu einer anderen Generation. Jeder Mensch lebt in seiner Zeit und antwortet mit seinem Stil auf die Anforderungen dieser Zeit. Und jeder spricht mit seiner Art unterschiedliche Menschen mit unterschiedlichen Bedürfnissen an. Ich habe stets großen Respekt davor gehabt, dass mein Kloster immer einen Riecher für die Notwendigkeiten der Zeit hatte. Neuem, das Altes auf- und durchbrechen wollte, wurde stets Raum gegeben. Und bis heute ist eine Frage, die uns ständig begleitet: Was braucht diese Zeit? Welche Fragen brauchen tragfähige Antworten? Wonach suchen die Menschen heute? Das ist Größe, auch im Benediktinischen: nicht darauf zu beharren, dass mein Stil, meine Art und Weise zu leben, zu denken, zu handeln, zu schreiben, zu glauben die für alle Zeit gültige sein muss, sondern dass Wandel sein und sich ereignen darf. Und damit Neuem Raum gegeben wird.

Ich erinnere mich an einen Notfalleinsatz, bei dem ein älterer Mann gestorben war. Er war krank gewesen, sein Tod war erwartet worden – und kam dann doch in diesem Augenblick unerwartet. Die Familie entschied, dass er als Ehemann, Vater und Opa bis zum nächsten Morgen in der Wohnung bleiben sollte. Und so saßen wir – die Ehefrau, die Tochter mit afrikanischem Mann und gemeinsamem Sohn, die erwachsene Enkelin mit Frau – im Wohnzimmer und unterhielten uns. Es kam die Sprache auf die Hochzeit der Tochter in Afrika und das Naturritual, das sie dabei vollzogen hatten. Es war kein christliches Ritual. Da sagte die alte Witwe: »Ach wisst ihr, Kinder, wir alle haben doch den gleichen Gott. Es gibt verschiedene Religionen, aber im Grunde ist er doch ein Gott. Hauptsache, man glaubt.« Ich war tief berührt, dass diese alte Frau so offen geblieben war in ihrem Glauben, dass ihr eine solche Sicht auf die Dinge möglich war.

Einer unserer Standardsätze – gerade in der Kirche – ist ja doch immer: »Alles bleibt, wie es ist. Wie im Anfang, so auch jetzt und in alle Ewigkeit.« Ein bekannter Pfarrer musste diese Erfahrung am eigenen Leib machen, als er eine Gemeinde übernahm, die zuvor von einem Pfarrer dreißig Jahre lang geleitet und entsprechend geprägt worden war. Immer wieder stieß er zu Beginn auf Widerstand, unzählige Male bekam er zu hören: »Ihr Vorgänger hat das aber so und so gemacht.« Gott sei Dank hat er durchgehalten, die Pfarrei nach und nach verändert und diese dann selbst über zwanzig Jahre geprägt. Ein Priester, den ich aus meinem Studium kenne, bekam nach seiner ersten Messe als Kaplan in seiner ersten Pfarrei gesagt: »Damit Sie es wissen, bei uns dauert eine Messe 45 Minuten.«

Nicht selten wird diese Blockade in der Kirche in Bezug auf Veränderungen mit Jesus selbst begründet: »Das geht nicht, weil das doch bei Jesus schon so war.« Dann bekommt man beispielsweise zu hören, dass Jesus das Priesteramt, wie wir es heute kennen, eingesetzt und begründet habe. Und die Kirche habe er auch gegründet und genau so gewollt, wie sie heute ist. Und deshalb müsse alles genau so beibehalten werden, wie es ist. Ich staune da auch über manches theologische Nichtwissen von Bischöfen. Theologisch betrachtet sind solche Behauptungen einfach falsch. Weder hat Jesus die ersten Priester geweiht noch die Kirche gegründet. Das sind historische Entwicklungen, gewachsene Strukturen, die ihren Sinn haben (oder hatten), aber nicht unveränderbar sind. Das Motiv hinter solchen Argumenten ist meistens die Verklärung der Vergangenheit. Weil man mit der Komplexität der modernen Welt nicht zurechtkommt, wünscht man sich die klar strukturierte und definierte (katholische) Welt früherer Zeiten zurück. Weil man da weiß, was man hat.

Es braucht ein gutes Gespür, um zu erkennen, wann der Zeitpunkt gekommen ist, etwas anders zu machen. Weil Dinge neu werden wollen, weil eine neue Zeit da ist. Ich denke hier zum Beispiel an die Äbte meines Klosters, die dieses Amt des Vorstehers der Gemeinschaft in den letzten Jahrzehnten ausgeübt haben. Sie waren alle um die zwanzig Jahre in diesem Amt. Auch wenn sie auf Lebenszeit gewählt worden waren, so hatten sie doch alle das Gespür für den richtigen Augenblick, ihr Amt zur Verfügung zu stellen. Sie nahmen wahr, dass sie viel für die Gemeinschaft tun konnten, dass aber jetzt ein Zeitpunkt gekommen war, an dem es etwas Neues brauchte.

Als nach der verlorenen Bundestagswahl 2021 Armin Laschet sein Amt als CDU-Vorsitzender niederlegte und die Partei zum dritten Mal innerhalb kurzer Zeit einen neuen für das Amt suchte, hatte man den Eindruck, dass diese Partei sich in der schwersten Krise seit ihrer Gründung befand. Mir machte es deutlich: Wenn man nicht selbst spürt, dass der Zeitpunkt für Erneuerung gekommen ist, führt einen die Geschichte an diesen Punkt. War für die CDU schon die Ablösung vom »Übervater« Helmut Kohl schwierig, so war es hier nicht mit dem Austauschen einer Person getan. Eine komplette personelle und inhaltliche Neuaufstellung erschien angezeigt. In diesem Prozess habe ich mich dann aber auch gefragt: Was sagt das über die Reformierbarkeit einer Partei aus, wenn im 21. Jahrhundert für den Vorsitz drei ältere Männer aufgestellt werden? Wo sind die »jungen Wilden«? Die Frage wäre auch: Was braucht unsere Zeit für einen Politikstil? Und in diesem Sinn sucht die Kirche bis heute die Antwort auf die Frage: Welchen Stil braucht Kirche jetzt? Gleichzeitig muss sich jeder Christ fragen: Was ist mein Stil, als Gläubiger in dieser Kirche zu leben, in dieser Zeit? Was glaube ich und wie lebe ich das?

Ich halte es für einen großen Fehler, dass in der Kirche immer der »Zeitgeist« schlechtgemacht wird. All die erforderlich erscheinenden, theologisch begründeten Reformen werden abgelehnt mit dem Hinweis, dass diese Gedanken »nur« dem Zeitgeist entspringen und Kirche sich diesem noch nie unterworfen habe und es auch in Zukunft nicht tun dürfe. Nicht der Zeitgeist per se ist schlecht. Er stellt wichtige Fragen an die Kirche, die eine Antwort brauchen – weil der Glaube sonst nicht mehr auf das antwortet, was Menschen heute beschäftigt, bedrängt, wonach sie »dürsten«. Und zudem: Alle Lehren, die heute als unumstößlich gelten, sind aus ihrer Zeit heraus entstanden und sind Antworten auf Fragen ihrer jeweiligen Zeit. Sie sind aus dem damaligen Denken heraus formuliert und entschieden worden.

Als Jesus eines Tages mit seinen Jüngern vor dem Tempel in Jerusalem stand, sagte er zu seinen Jüngern: »Amen, ich sage euch: Kein Stein wird hier auf dem anderen bleiben, der nicht niedergerissen wird« (Mt 24,2). Kurz zuvor hatte er den Schriftgelehrten und Pharisäern eine »Standpauke« gehalten, in der er ihnen unter anderem gesagt hatte, dass sie den Menschen den Himmel verschließen würden mit ihren ganzen Vorschriften statt ihn zu öffnen. Jesus weiß um die Notwendigkeit des Wandels, der Erneuerung, der Reform – schließlich ist sein Gott ein lebendiger Gott, dem es nicht darum geht, eherne Gesetze erfüllt zu wissen, sondern der sich Lebendigkeit und »Leben in Fülle« (vgl. Joh 10,10) für die Menschen wünscht.

Es braucht den Mut, den Totenschein auszustellen, wenn man merkt, dass Dinge im eigenen Leben, in der Kirche, in der Gesellschaft eigentlich schon gestorben sind und nur noch künstlich am Leben erhalten werden, oder man selbst schon lange nicht mehr lebendig und, wie es in einem Hymnus heißt, »mitten im Leben vom Tod umfangen« ist. Nicht wenige bescheinigen der Kirche, dass sie diesen Zustand längst erreicht hat und in ihrer jetzigen Gestalt nicht mehr zu retten ist. Ob es bereits so schlimm ist oder nicht: Es braucht den Aufbruch, den Mut, Neues zu wagen und Dinge anders zu machen als bisher, den Mut, einen neuen Stil zu finden.

Für mein persönliches Leben ist diese Haltung, Neues zu wagen, die Fortführung des Selbstvertrauens. Wenn das in mir gewachsen ist, kann ich meinen eigenen Stil finden und damit meine Art und Weise, in der Welt präsent zu sein und das Leben zu gestalten.

Viele bleiben aber in dem Alten, das sie kennen, stecken. Sie schaffen es nicht, Neues zu wagen und bleiben bei dem, wie man es halt macht, wie es immer gemacht worden ist, obwohl sie spüren, dass etwas Neues in ihrem Leben dran ist. Etwas, das sie auch mehr sie selbst sein lässt. Warum aber halten Menschen an dem Alten fest? Haben sie Angst? Könnte das Neue unter Umständen besser sein als das Alte, und sie müssten sich tatsächlich umstellen? Und wovor hat man in der Kirche Angst? Weshalb wagt man nicht wirklich einen Aufbruch? Warum setzt man nicht endlich Reformen um, nach denen Menschen sich schon so lange sehnen und gegen die es theologisch überhaupt keine tragfähigen Argumente mehr gibt?

Manchmal wird argumentiert, dass Reformen nicht möglich seien, weil diese gegen die Tradition der Kirche verstießen und gegen das, was überliefert worden ist. Aber wie viel Tradition war Jesus egal, mit wie vielen Traditionen hat er gebrochen und sie aus dem Weg geräumt! Weil es ihm um den Menschen und seine Aufrichtigkeit ging, sein aufgerichtetes Leben, seine Selbständigkeit, sein Selbstvertrauen.

Würde man Menschen eine solche Selbständigkeit zutrauen, auch selbst zu entscheiden, wie sie leben möchten, was sie glauben und was nicht, hieße das für die Kirche, dass sie Macht abgeben müsste. Sie hätte nicht mehr die Kontrolle über die Menschen und könnte sie nicht mehr beherrschen. Wie das eben in einem System wie der Kirche ist, das immer noch den Anspruch hat, den Menschen vorschreiben zu können, wie sie zu leben und was sie zu glauben haben. So ist sie immer noch der festen Überzeugung, dass es nur eine von Gott selbst gewollte Art und Weise gibt, das Leben zu leben. Mann und Frau gehören zusammen, für sie ist die Ehe die richtige Lebensform. Alternativ wird man Priester, lebt in einem Orden oder als enthaltsamer Single. Genauso festgelegt ist Kirche in Bezug auf die Feier der Gottesdienste und der Gegenwart Gottes. Kirche weiß genau, wann Gott wo da ist und wie man korrekt Gottesdienst feiert, damit Gott durch den Priester gegenwärtig wird. Nicht selten beklagen die Konservativen den angeblichen »Wildwuchs« in Gottesdiensten und die Beliebigkeit, die bei der Gestaltung herrscht. Für sie ist nur die sogenannte alte Form der Messe die richtige. Kirche versteht sich als die Instanz, die entscheidet, was richtig und gut ist, was falsch und gegen Gott. Würde man dagegen Menschen vertrauen, ihnen zutrauen, selbst zu entscheiden über ihr Leben und ihren Glauben, würde man ihnen die Würde zusprechen, die ihnen Gott längst schon gegeben hat. Mahatma Gandhi hat einmal den wunderbaren Satz gesagt: »Die scheinbar so unterschiedlichen Wahrheiten gleichen den zahllosen Blättern eines einzigen Baumes.« Es gibt eben nicht nur schwarz und weiß, nicht nur richtig oder falsch und immer nur die eine Perspektive auf eine Sache. Und nie nur eine Art und Weise, Dinge zu tun. Lässt man sich so auf Neues, Unbekanntes, Ungewohntes und Andersartiges, auf Perspektivenvielfalt ein, birgt das die Chance, in die »Weite des Herzens«, von der Benedikt als dem Ziel des monastischen Lebens spricht, hineinzufinden. Beansprucht man aber für sich die Deutungshoheit über eine Sache, denkt man in den Kategorien von schwarz und weiß, richtig und falsch, dann entscheidet man auch darüber, wer dazu gehört und wer nicht, wer draußen und wer drinnen ist. Es scheint, dass Kirche bis heute genau diese Hoheit nicht aus der Hand geben möchte.

Dazu gibt es eine schöne Geschichte, die von dem Mut erzählt, Dinge einmal anders zu tun als gewohnt. Sie erzählt Folgendes: Als ein Gaukler seines unsteten Lebens überdrüssig geworden war, trat er in ein Kloster ein. Er hatte ein großes Bedürfnis nach Beständigkeit. Doch eines Tages, während die anderen Mönche beteten, schlich er sich auf den Dachboden der Kirche und tanzte und hüpfte und sprang – so, wie es ihm sein Gauklerherz eingab und es kannte. Ein anderer Mönch, der misstrauisch geworden war, folgte ihm, sah, was er tat und verriet seine Beobachtungen dem Abt. Wahrscheinlich hatte ihn die Angst gepackt und er dachte sich: Wo kämen wir denn hin, wenn das jeder täte – Gott auf dem Dachboden zu loben im Tanz? Wenn wir alles anders machen würden als bisher? Das hat es ja noch nie gegeben und schon gar nicht bei Mönchen! Der Abt rief den Gaukler zu sich. Er verging fast vor Angst, als er davon erfuhr – wie der kleine Mönch am Anfang unserer Geschichte. Dann aber bat der Abt ihn um Entschuldigung, weil sie – die Mönche – Gott nur mit den Lippen geehrt hätten, aber nicht mit ihren Herzen. Er aber habe mit ganzem Herzen aus sich heraus Gott mit Leib und Seele gelobt und gepriesen.

Es wird ein neuer Stil, eine neue Art und Weise des Gotteslobes gewesen sein für die Mönche. Aber genau damit mussten sie sich auseinandersetzen. Und entdeckten dabei vielleicht, welch herrliche Aussicht man von einem Dachboden hat ...

Weil die Zeit es braucht

Die Regel Benedikts, nach der wir leben, kennt als einen Grundpfeiler die »stabilitas«, lateinisch für Stabilität, aber auch für das Bleiben, das Beständigsein. Dieses benediktinische Prinzip besagt, dass die Mönche und Nonnen unseres Ordens ein Leben lang an einem Ort leben und diesen nicht wechseln. Dahinter steht die Erfahrung, dass das Leben an einem Ort in einem gleichbleibenden, stabilen Tagesrhythmus dem Menschen Halt gibt und ihn in seinem Inneren ausgeglichen und beständig werden lässt. Liest man die Regel von Anfang bis Ende, dann nimmt man die Weisheit wahr, die in ihr steckt und die bis heute Gültigkeit hat. Deshalb ist sie auch bis heute nicht verändert worden. Sie ist in Worte gefasste Erfahrung im Umgang mit und der Führung von Menschen, die trägt.

Wohl aber ist sie immer interpretiert und damit in die jeweilige Zeit übersetzt worden. Deutlich wird dies zum Beispiel an den in der Regel vorgesehenen Strafen bei Verfehlungen. Benedikt sieht sie vor für Brüder, die sich gegenüber der Gemeinschaft falsch verhalten haben, in diesem Fehlverhalten verharren und keinen Willen zur Veränderung zeigen. Obwohl die Regel hier sehr klar und eindeutig sagt, welche Strafen in einem solchen Fall zu verhängen sind, werden diese – zum Beispiel Rutenschläge – heute nicht mehr praktiziert. Gott sei Dank! Wir Benediktiner nehmen uns die Freiheit, das in der Regel Gesagte jeweils auch auszulegen, der jeweiligen Zeit gemäß zu interpretieren und anzupassen. Da wir der Überzeugung sind, dass die gemeinsamen Grundwerte und die Ordnungen von Benedikt immer noch gültig sind, ist die Regel zwar bis heute nicht umgeschrieben worden. Aber punktuell muss man klar erkennen, dass Benedikt auch Mensch seiner Zeit gewesen ist und wir manche Dinge heute anders zu verstehen und zu praktizieren haben, als er es zeitbedingt getan hat.

Das Anliegen, das Benedikt mit den angesprochenen Maßnahmen bei Verfehlungen verfolgt, ist damals wie heute das gleiche: einen Bruder, der »neben der Spur« läuft, der sich aus der Gemeinschaft zurückzieht oder gegen sie lebt, wieder in die Gemeinschaft zu integrieren. Um dieses Ziel heute zu erreichen, suchen wir das Gespräch mit dem betreffenden Mönch und fragen ihn und uns: Welches Problem steht hinter seinem Verhalten und wie löst man es? Ein solches Fragen birgt die Chance in sich, dass es tiefer greifen und den Mitbruder vielleicht sogar von innen verändern kann, als wenn er mit Schlägen zwar wieder in die Spur gebracht wird, aber sich nur aus Angst vor erneuter Strafe regelkonform verhält. Die Regel lässt also einen Spielraum, das darin Gesagte auszulegen und der jeweiligen Zeit gemäß zu interpretieren.

Möchte man nun Dinge in einem Kloster ändern, sie vielleicht sogar anders praktizieren als in der Regel vorgeschrieben, so muss man sich zuerst fragen: Was ist das Ziel der Veränderung? Was ist Ziel eines neuen Stiles in der Gemeinschaft, einer neuen Auslegung der Regel? Zum Beispiel, wenn man wie wir vor einigen Jahren die Tagesordnung ändert. Über manche Aspekte dieser Änderung wurde bereits so lange diskutiert wie ich im Kloster bin. Immer im kleinen inoffiziellen Kreis, hinter vorgehaltener Hand. Jetzt war aber auf einmal die Zeit reif, gewünschte Änderungen offen auszusprechen, einzufordern und sie auch konkret umzusetzen. Das Bedürfnis der Mönche in den zur Diskussion und Änderung anstehenden Dingen war mit der Zeit ein anderes geworden und dem mussten wir als Gemeinschaft Rechnung tragen, wenn wir keinen auf dem Weg verlieren wollten. So wurde klar das Bedürfnis geäußert, am Morgen mehr Zeit für die sogenannte Betrachtung zu haben – eine individuelle Zeit der Stille nach dem Morgengebet der Gemeinschaft. Also einigten wir uns, am Morgen die Feier der Eucharistie später anzusetzen und so mehr Freiraum zu schaffen. Manch einer äußerte auch klar den Wunsch, am Morgen länger schlafen zu können. Ein verständlicher Wunsch, wenn man bedenkt, dass nicht wenige von uns abends noch Dinge zu erledigen haben, Gespräche führen, Kurse gestalten müssen und daher erst später am Abend ins Bett gehen können. Immerhin wurde es dann möglich, dass wir am Wochenende mehr Raum für den Schlaf lassen konnten.

In solchen Änderungsdiskussionen kommt immer wieder die benediktinische Tugend der »Unterscheidung« zum Tragen: Das meint, dass unterschieden werden muss zwischen ganz praktischen Änderungen, Anpassungen an die Realität und heutigen Gegebenheiten – wozu die Tagesordnung zählt –, und Änderungen, die das Grundsätzliche der Regel und unseres Lebens berühren. Was also wäre so etwas wie eine Grundgesetzänderung? Eine, die ans »Eingemachte« geht und vielleicht Dinge betrifft, die so sehr und wesentlich zu unserem Leben als Benediktiner gehören, dass man sie gar nicht ändern kann, weil sie Fundament, Grundlage unseres Lebens sind. Schaut man in die Geschichte vom kleinen Mönch, will er ja gerade das nicht. Er will mit seinen gefüllten Paprika nicht das gesamte Mönchtum revolutionieren oder gar auf den Kopf stellen. Er überlegt nur, womit er dem Abt eine Freude machen kann, und was der Abt denn wohl mal gerne essen würde. Es ist eine kleine praktische Änderung, die aber viel Freude auslöst – und vielleicht Lust auf mehr Neues macht.

Dass Umbrüche, Aufbrüche, Änderungen und Neuerungen in der Kirche, in unseren Klöstern, im eigenen Leben dazugehören, liegt schon in der Ursprungserfahrung des Volkes Israel begründet. Diese ist die des Unterwegsseins und des Begleitetseins durch ihren Gott. Jedes Jahr am Passahfest erinnern sich die Juden an den Auszug ihres Volkes aus Ägypten. Durch eine vierzigjährige Wüstenwanderung fanden sie den Weg aus der Sklaverei und Unterdrückung, der in die Freiheit des Gelobten Landes führte.

Die Kirche hat diese Erfahrung als Symbol übernommen und spricht von der Kirche als »wanderndem Gottesvolk«. So gesehen gehört der Aufbruch, das Auf-dem-Weg-Sein in der Kirche, in unseren Klöstern, im eigenen Leben dazu. Im Lauf der Geschichte hat sich das Wort von der »ecclesia semper reformanda« herausgebildet: die Kirche ist eine, die sich ständig zu reformieren hat. Sie muss und darf sich beständig fragen: Welche Aufbrüche sind notwendig, welche Veränderungen umzusetzen? Und welcher Art sind anstehende und geforderte Veränderungen? Ist es eine praktische Frage, eine Frage der Anpassung an die Realität und Gegebenheiten der Zeit oder sind es Fragen, die das Wesen, den Kern der Kirche betreffen?

Ich habe den Eindruck, in der Kirche gelingt diese Unterscheidung nicht immer. Da werden praktische Fragen zur Überlebensfrage der Kirche gemacht. Der Zölibat, die ehelose Lebensform der Priester, ist zum Beispiel ursprünglich eine rein praktische Frage gewesen. Zum einen bildete sich, ausgehend von der griechischen Philosophie, im Christentum in den ersten Jahrhunderten die Überzeugung heraus, dass derjenige, der den heiligen Kult vollzieht, nicht »unrein« sein darf. Da aber Sexualität als unrein galt, wurde für die Vorsteher des Kultes, die Priester, der Zölibat eingeführt. Im Mittelalter wollte man zusätzlich mittels des Zölibats vermeiden, dass Ämter in der Kirche (zum Beispiel das Bischofsamt) an die eigenen Nachfahren vererbt wurden, man also sozusagen die Posten den eigenen Verwandten »zuschusterte«. Blicken wir auf Jesus selbst und seine Jünger, spielte hier der Zölibat keine Rolle. Zwar sagt die Tradition, dass Jesus nicht verheiratet gewesen ist. Seine Jünger aber, die in seinem Namen das Evangelium verkündet haben, waren es. Daran hat auch Jesus nichts auszusetzen gehabt. Wäre er entschieden für die Ehelosigkeit gewesen, hätte er keine verheirateten Jünger berufen. Daher betrifft der Zölibat nicht den Ursprung und nicht das Wesen der Kirche. Diese Lebensform ist eine rein praktische Frage der Bewertung der Sexualität, die heute ganz anders gesehen wird als in den Anfängen des Christentums. Zum

Wesen der Kirche gehört aber die Feier der Eucharistie, das letzte Abendmahl. Es ist die zentrale Feier der Christen zur Erinnerung an Jesus und seine Botschaft. Dieser Feier vorzustehen, ist bis heute die Aufgabe der Priester. Das Recht der Gemeinden, dass diese Feier regelmäßig stattfindet, ist aber höher zu bewerten als der Wert einer zölibatären Lebensweise. Zeigt sich also, dass mehr Menschen Priester werden würden ohne Zölibatsverpflichtung, dann muss über die Aufhebung des Pflichtzölibates nachgedacht werden. Zumal dieser nur ein Paragraf im Kirchenrecht ist, den der Papst mit einem Federstrich aus diesem streichen könnte.

Als wir im Jahr 2021 aufgrund von Coronafällen in der Gemeinschaft das Kloster geschlossen hatten und alle Gottesdienste nur in der Gemeinschaft und ohne Gäste stattfanden, war das eine neue Erfahrung für alle. Wir mussten umplanen und haben zum ersten Mal die Osternacht am frühen Morgen gefeiert, so wie es viele Pfarrgemeinden seit Jahren tun. Zu dieser Zeit geht die Sonne auf – und erinnert daran, dass dann auch das leere Grab Jesu entdeckt wurde. Da waren wir auf einmal näher dran, mehr dabei, es war eine intensivere Erfahrung von Ostern. Wenn man mal etwas anders macht, den Stil ändert oder auch erstmalig seinen Stil findet, geht es immer darum, dass ich davon überzeugt bin, in meinem Leben im Dienst von etwas zu stehen und das bestmöglich zum Ausdruck zu bringen. Im Christlichen – könnte man sagen – stehen wir im Dienst Gottes. Ich kann aber auch sagen: Es geht um den Sinn, den mein Leben hat. Und nicht darum, dass ich mich in den Vordergrund stelle und eine perfekte Performance abliefere und mit meinem Stil jetzt einen neuen Trend setze, der wochenlang in Zeitungen oder sozialen Netzwerken diskutiert und begeistert kommentiert wird. Einen Sinn, der über meinen begrenzten irdischen Horizont weit hinaus reicht.

Benedikts grundlegende Frage war: Wie kann es gelingen, Gott zu finden? Denn das war für ihn der Sinn seines Lebens und dem aller Menschen. Er hat sich überlegt: Wie geht Gottsuche? Was braucht es dafür? Was brauchen Menschen, um sich auf diese Suche machen zu können? Er wollte für diese Suchbewegung in seiner Zeit einen Stil, eine Ordnung finden und sie den Menschen anbieten. Und das nicht in schönen geistigen Reden, sondern ganz konkret in einer Ordnung für jeden Tag. Deshalb ist in seiner Regel alles geregelt: die Gebetszeiten, die Zeit für das Essen, den Schlaf, die Arbeit, das Ausruhen. Aber – jedenfalls haben das Mönche unseres Ordens so beschlossen, die nach Benedikt kamen: Wenn die Zeit es erfordert oder der Alltag der Menschen, dann muss es möglich sein, das anzupassen. Denn es geht hier nicht um eine »eherne Regel«, die die Menschen gängeln soll, sondern darum, einen möglichst guten Tagesrhythmus zu finden, der die Gottsuche für alle möglich macht. Bevor wir uns also für Änderungen in unserer Tagesordnung entschieden haben, wurden zunächst verschiedene Modelle vorgestellt und reflektiert. Dabei war die wichtige Frage immer: Was dient besser unserem Auftrag?

Das ist auch der Grund, warum die Novizen in unserem Kloster im ersten Jahr verschiedene Arbeitsbereiche durchlaufen. Sie sollen die unterschiedlichen Felder unserer Tätigkeiten und Aufgaben kennenlernen, um sich dann entscheiden zu können, in welchem Bereich sie arbeiten möchten, wo es sie hinzieht, wo jeder seinen Stil am besten leben kann. Und dabei geschieht oft Unerwartetes: Welche Überraschung war es für den Abt und die Brüder in meinem Kloster, als ein Mitbruder nach seinem Theologiestudium und seiner Priesterweihe den Wunsch äußerte, noch eine Gärtnerlehre machen zu wollen. Das war ungewöhnlich, wenn nicht sogar revolutionär. Bis dahin war völlig klar: Die Priester sind Priester und arbeiten als Seelsorger und die Brüder üben ihr Handwerk aus.

Ich erlebte Ähnliches, als ich nach meiner Krise begann, bei uns in der Schmiede zu arbeiten. Neulich fragte mich eine Dame, für die wir ein Kunstobjekt gestalteten, beinahe schon entsetzt: »Ja, Sie sind Priester und arbeiten in der Schmiede?« Sie hat das für sich nicht zusammendenken können, weil sie ein klares oder anderes Bild davon im Kopf hatte, was ein Priester zu sein oder zu tun habe. Mich überrascht es immer wieder, wie fest manche Bilder in den Köpfen der Menschen sitzen. Auf welchen Schild werden in bestimmten Kreisen Priester immer noch gehoben? Dabei stehen sie in der Nachfolge des Zimmermannes und Wanderpredigers aus Nazaret. Solche gesellschaftlichen Bilder eines Berufs, eines Standes, muss man sagen, haben keinerlei Verbindung mehr zum Ursprung. Jesus kritisiert die Pharisäer – vergleichbar mit dem »Priesterstand« heute – mit ihren auffälligen Gewändern und dass sie in den Synagogen die ersten Plätze einnahmen (vgl. Mk 12,38–39). Unsere heutigen Bischöfe und Prälaten machen nichts anderes, obwohl auch sie in der Nachfolge dieses Jesus stehen. Man kann hier manchmal den Eindruck bekommen, dass mit äußeren Privilegien und besonderer Kleidung ein mangelndes inneres Selbstvertrauen, eine eigene mangelnde Ich-Stärke kompensiert wird. Man versteckt sich hinter äußeren Formen, gewohnten Privilegien und Regeln, wagt es aber nicht, als eigenständige Persönlichkeit daraus hervorzutreten.

Ich glaube, es braucht solche Überraschungsmomente, mit denen man Eingefahrenes, Bilder, die man hat, aufbricht. Wie oft machen wir uns Bilder von anderen oder meinen, sie müssten so sein, wie wir es gerne hätten? Oder versuchen, Menschen in die vermeintlich richtige Richtung zu dirigieren? Die Verwandten Jesu wollen ihn nach Hause holen, ihn erstmal zur Besinnung bringen, in die Mangel nehmen, Familienrat halten, weil sie dachten, dass er von Sinnen sei (vgl. Mk 3,21). Dabei lebte er einfach seinen Stil. Er machte es anders als die anderen Wanderprediger seiner Zeit, die religiösen Autoritäten, und er ließ sich nichts vorschreiben. Es war ihm egal, wie »man« etwas macht – er machte es so, wie er es für richtig hielt.

Ich denke an einen Schulfreund, dessen Schwester gerne Polizistin geworden wäre. Dann aber wurde Familienrat gehalten und beschlossen, dass sie das nicht tun solle – das sei zu gefährlich für sie als Frau (in den 1990er-Jahren). Sie wurde also Physiotherapeutin. Hier war das gesellschaftliche Bild von der Frau und dem Berufsbild einer Polizistin stärker als das Vertrauen in das eigene Gespür dieser jungen Frau, in ihre Intuition, in ihr Wollen. Wenn ich mit Menschen spreche, die Schwierigkeiten in der Ehe haben, stelle ich manchmal die Frage: »Haben Sie wirklich diesen Mann/diese Frau geheiratet oder haben Sie sich ein Bild von ihm oder ihr gemacht, wie Sie ihn oder sie gerne gehabt hätten?« Oft merken sie dann, dass der Partner, die Partnerin gar nicht diesem Wunschbild entspricht. Jetzt sind sie also herausgefordert, einen neuen

Umgang miteinander zu lernen, den anderen so zu akzeptieren, wie er wirklich ist.

In der Lebensgeschichte Benedikts wird erzählt, dass er auf der Suche nach der rechten Lebensweise in ein Kloster kommt, in dem ihn die Mönche nach einiger Zeit zum Abt wählen. Doch dann wollen sie ihn umbringen, weil sie mit den Regeln, die er ihnen auferlegte, nicht klarkamen. Benedikt verlässt die Gemeinschaft und kehrt in seine Einsiedlerhöhle zurück, weil er merkt: Er hatte ein Bild von sich, das aber in der Wirklichkeit nicht funktionierte. Sein Stil, das Amt des Abtes auszuüben, war zu streng und er hatte zu hohe Ansprüche an sich. Damit überforderte er die Mönche seines Klosters. In seiner Höhle kann er reifen, bei sich ankommen, sich selbst und neues Vertrauen in sich finden. In seiner Lebensbeschreibung heißt es über diese Zeit: »Unter den Augen Gottes wohnte er bei sich selbst.«

Gerade heute wird ein Weg, der nicht taugt, häufig als Fehler, als Schwachheit ausgelegt. Und als vergeudete Zeit. Wenn man zum Beispiel schon vier Semester studiert hat und merkt: Dieses Fach ist es nicht. Und dann nochmal ein neues Studium beginnt. Oder doch eine handwerkliche Ausbildung. Benedikt dagegen glaubt, dass es wichtig ist, genau hinzuhören, auf welchen Weg Gott einen ruft. Ihm geht es darum, auf Gott zu hören, seinen Klang im eigenen Inneren zu erspüren und darauf zu vertrauen. Wo bringt etwas den göttlichen Klang zum Klingen, wo oder wobei schlägt das Herz höher? Für was schlägt mein Herz? Um das herauszufinden, braucht es manchmal Umwege und Probephasen, neues Beginnen. Und auch den Mut, sich einzugestehen: Dieser Weg ist es nicht, das ist nicht mein Weg.

Im Gleichnis von den anvertrauten Talenten (vgl. Mt 25,14–30) verweist Jesus darauf, wie wichtig es ist, die eigenen Talente einzusetzen und mit ihnen zu »experimentieren«. Auch wenn mit »Talente« zunächst die Geldstücke bezeichnet werden, die ein reicher Mann, der auf Reisen geht, seinen Knechten anvertraut, so lässt sich das Gesagte gut auf die eigenen Talente und Begabungen übertragen. Alle, denen im Gleichnis Geld anvertraut wurde, erwirtschaften einen Gewinn, den sie stolz dem Besitzer präsentieren, als dieser von seiner langen Reise zurückkehrt. Nur einer steckt sozusagen den Kopf in den Sand, vergräbt das anvertraute Talent und wartet auf die Rückkehr seines Herrn. Zugegeben, ihm wurde nur ein Talent anvertraut, den anderen mehr. Das macht seine Angst, ob er es denn schaffen kann, das Geld zu vermehren, verständlicher. Daher bewahrt er das, was er hat, lieber auf, als es am Ende durch Spekulation zu verlieren. Die Angst vor dem Misserfolg lähmt und blockiert ihn und lässt ihn nichts wagen.

Vielleicht denkt er auch, dass dieses Projekt nur schiefgehen kann. Als der Herr zurückkommt und Rechenschaft fordert, bringt er seine Befindlichkeit ins Wort: »Herr, ich wusste, dass du ein strenger Mensch bist; du erntest, wo du nicht gesät hast, und sammelst, wo du nicht ausgestreut hast; weil ich Angst hatte, habe ich dein Geld in der Erde versteckt. Sieh her, hier hast du das Deine.«

Die Haltung dieses Mannes kann zu einer Lebenshaltung werden. Dann setzt sich in einem Menschen das Gefühl fest, dass die anderen sowieso viel begabter sind, mehr Talente haben und das Leben viel besser auf die Reihe bekommen, erfolgreicher sind, mehr aus ihrem Leben machen und ganz ihren Stil leben. Warum soll man dann überhaupt noch Kraft und Energie ins Leben investieren?

Diese Starre bleibt dann oft nicht auf das eigene Leben beschränkt, sondern weitet sich zu einer Sinnkrise aus. Das konnte man gut in der Pandemie beobachten, in der viele das Gefühl hatten: Jetzt ist alles vorbei, es lohnt sich nicht mehr, über die Zukunft nachzudenken oder sich für etwas zu engagieren, das hat alles keinen Zweck mehr. Ähnlich ist es in den Tagen, in denen ich dieses Buch schreibe: Vor einem Monat ist der Krieg in der Ukraine ausgebrochen. Viele fühlen sich dadurch wie gelähmt. Es beschäftigt sie unterschwellig ständig, sie haben Angst vor weiterer Eskalation, Angst, dass wir hier in Deutschland und in weiteren Ländern mit in den Konflikt gezogen werden und wir uns plötzlich mitten in einem Krieg wiederfinden. Ich weiß nicht, wie der Stand der Dinge ist, wie sich die Situation entwickelt hat, ob Frieden eingekehrt ist oder nicht, wenn du dieses Buch liest. Einem Mann in mittleren Jahren, der mir genau von dieser Starre, Lähmung und Ohnmacht berichtete, sagte ich, dass ich es wichtig finde, jetzt zu handeln, in das Tun, in die Aktivität zu gehen. Er berichtete von seinem Engagement für das Klima und die Umwelt. Ich habe ihn darin bestärkt, ihn ermutigt. Es sei sein Beitrag, diese Welt lebenswert zu erhalten und dafür zu sorgen, dass sie weiterhin bewohnbar bleibt. Das hat ihn getröstet und ihm einen Schritt weitergeholfen.

Ich denke auch an einen Mitbruder, der vor Kurzem gestorben ist und den ich sehr geschätzt habe. Er war Missionar in Afrika und hat als Künstler dort einige Kirchen gestaltet und ausgemalt. In meiner Zeit in Tansania haben wir viel Zeit miteinander verbracht, erzählt, uns ausgetauscht, Leben geteilt. Er war ein Mensch, der – wie es in seinem Nachruf hieß – manchmal an sich und seinem Mönchsein gezweifelt hat. Weil er doch auch ein freier Künstler war. Bis zuletzt blieben ihm eine Unsicherheit und wohl auch die Selbstzweifel. Das Kloster bot ihm aber einen idealen Rahmen, um sein Talent ausbilden und umsetzen zu können. Und weil er in all dem ein Mensch mit einem offenen Herzen gewesen ist und das nach Benedikt das Ziel als Mönch ist, hat sich sein Leben auch in dieser Hinsicht gerundet. Mein Eindruck ist: Alle haben ihn geliebt, gemocht und bewundert wegen seiner großflächigen bunten, vor Lebens- und Glaubensfreude strahlenden Bilder, die dieser körperlich kleine Mann großartig entworfen, gemalt und damit vielen Menschen die frohe Botschaft verkündet hat. Trotz aller Zweifel ist er glaubensfroh und mutig seinen Weg gegangen, mit seiner Art und auf seine Weise – und war am Ende tief zufrieden. So zumindest war mein Eindruck bei meinem letzten Besuch, den er beschloss mit den Worten: »Mach's gut!« Er wusste wohl, dass wir uns nicht mehr sehen, und hat mich damit ermutigt, es auch zu wagen, es gut zu machen mit dem Leben – so gut ich es kann.

Das bedeutet aber auch, dass ich es wagen muss, mit meinen Talenten etwas anzufangen und sie eben nicht im Boden vergrabe. Es kann sein, dass ich mal etwas verliere, etwas falsch mache, die falsche Entscheidung treffe. Aber auch mit weniger Kapital kann ich immer noch viel gewinnen. Die perfekte Version von mir gibt es nicht. Nicht einmal, wenn ich mein Talent vergrabe – also im übertragenen Sinn immer so bleibe, wie ich bin, wie ich war. Das bringt nur Starre mit sich, Festhalten am Immer-Gleichen, es wird nichts daraus wachsen. Wenn ich aber den Mut zur Veränderung habe, den Mut, meine Talente einzusetzen, gilt das alte konfuzianische Sprichwort: »Es ist besser, in der Dunkelheit ein Licht anzuzünden, als über die Dunkelheit zu jammern.«

Genau deshalb hat Benedikt seine benediktinische Gemeinschaft gegründet: Weil er wusste, dass man sich gegenseitig stützen und tragen kann. Dass man, wenn man im Tal der Tränen, in der Dunkelheit und in der Klage zu versinken droht, wenn man voller Selbstzweifel ist und in der Gefahr, den Mut zu verlieren, sich dann einander aufrichten, ermutigen und trösten kann. Wenn man sieht und wahrnimmt, dass die Brüder in der Gemeinschaft Tag für Tag weitergehen und neu beginnen, im wahrsten Sinne des Wortes täglich eine Auferstehung wagen, kann das eine große Motivation sein, sich selbst auch wieder auf den Weg zu machen.

Ganz wesentlich dabei finde ich, dass Benedikt um die Eigenart jedes Mönchs in seinem Kloster weiß und dass er dem Abt in die Regel schreibt, er solle dieser gerecht werden. Der Abt, aber auch alle Mitbrüder sollen einander in ihrer Eigenart, in ihrem eigenen Stil akzeptieren und sich darüber freuen, dass Gott einen so »bunten Haufen« zusammengewürfelt hat. In einer solchen Gemeinschaft weist Benedikt den Jüngeren eine wichtige Aufgabe zu, weil er der Überzeugung ist, dass Gott gerade ihnen manchmal das Richtige eingibt. Man könnte auch sagen, dass die Jüngeren eine unverstelltere Sicht auf die Dinge haben als die, die schon ganz lange in einem Kloster leben und so eins geworden sind mit diesem Leben und seinen Abläufen, Riten und Tagzeiten, dass sie es nicht mehr hinterfragen. Jüngere aber stellen genau die Fragen, die helfen, das, was die Älteren als (gott)gegeben hinnehmen, nicht als solches zu betrachten und es immer wieder an die jeweiligen Zeiten anzupassen. Und wenn das nur darin besteht, dass es dann eben auch mal ein neues, ungewohntes Essen gibt. Zum Beispiel gefüllte Paprika. Warum denn nicht?

»Dass aber alle zur Beratung zu rufen seien, haben wir deshalb gesagt, weil der Herr oft einem Jüngeren offenbart, was das Bessere ist.«
Regel Benedikts 3,3

»Allein, unter den Augen Gottes,
der aus der Höhe herniederschaute,
wohnte er in sich selbst.«
Gregor der Große über den Hl. Benedikt

»Als Jesus den Tempel verlassen hatte, wandten sich seine Jünger an ihn und wiesen ihn auf die Bauten des Tempels hin. Er antwortete und sagte zu ihnen: ›Seht ihr das alles? Amen, ich sage euch: Kein Stein wird hier auf dem anderen bleiben, der nicht niedergerissen wird.‹«

Matthäus 24,1–2

»Es kam aber auch der Diener, der das eine Talent erhalten hatte, und sagte: ›Herr, ich wusste, dass du ein strenger Mensch bist; du erntest, wo du nicht gesät hast, und sammelst, wo du nicht ausgestreut hast; weil ich Angst hatte, habe ich dein Geld in der Erde versteckt.‹«

Matthäus 25,24–25

»Es ist besser, ein kleines Licht zu entzünden, als über große Dunkelheit zu klagen.«

Konfuzius

Fragen

Wie gehst du mit deinen Schwächen und Fehlern um? Wie mit Dingen, die schieflaufen – bei der Arbeit, in deinem privaten Leben?

Wie haben deine Eltern auf Fehler reagiert, wie sind sie oder Lehrer damit umgegangen?

Kannst du Fehler, Umwege, Schwächen heute als Chance erkennen, zu wachsen, zu reifen, dich zu entwickeln und sie als wichtige und notwendige Erfahrung in deinem Leben sehen?

Weißt du, wofür du lebst und jeden Tag aufstehst? Was gibt deinem Leben Sinn?

Was möchtest du ändern in deinem Leben? Wo möchtest du Neues ausprobieren, alte Zöpfe abschneiden, Rituale und Traditionen hinterfragen?

Übungen

Zeichne auf einer Skala von 1 bis 10 ein: Wie hoch ist der Anteil von Routine und Gewohnheit in deinem Alltag?

- Notiere dir deinen üblichen Alltag: Wie sieht dein Durchschnittstag aus? Wie viel Zeit hast du für Aufstehen, Beruf, Familie, Mahlzeiten? An welchen Punkten setzt du bereits eigene Akzente? Siehst du die Möglichkeit, mal etwas anders zu machen? Etwas neu zu beleben?

- Notiere dir deinen Speiseplan der Woche. Passt das so für dich? Möchtest du etwas Neues ausprobieren? Und wenn nicht: Warum nicht? Was hält dich davon ab?

- Oft geraten im Alltag die Mahlzeiten in den Hintergrund; man isst etwas auf dem Weg, in Eile und Hektik. Vielleicht magst du schauen, ob es Möglichkeiten gibt, in deinem Alltag, an deinen Wochenenden in Ruhe zu essen und das Essen zu genießen – sozusagen als kleine »Auszeit«.

- Überrasche deinen Partner, deine Familie mit etwas, womit sie nicht rechnen. Und entzünde damit ein Licht in deren und in deinem Alltag!

- Bastle einen oder mehrere Sterne. Überlege dir: Wofür lebst du? Was ist der tiefste Sinn deines Lebens? Warum bist du hier? Was soll in deinem Lebensstil aufleuchten? Schreibe auf jeden Stern einen Grund. Dann häng die Sterne in dein Arbeitszimmer, in deine Gebetsecke, leg sie in deinen Kalender, in das Buch, das du gerade liest. Lass dich daran erinnern, warum du hier bist.

Der kleine Mönch verbrachte den Rest des Tages im Garten, bis ihm etwas einfiel: Als Stellvertreter des Abtes durfte er nicht nur bei den Gebetszeiten auf dessen Platz sitzen, er musste auch die Texte vorlesen, die er normalerweise vorlas. Nach einem kurzen Schrecken – vor allen Mönchen vorlesen mochte er nämlich nicht so gern – beruhigte er sich: »Vater Abt hat es mir anvertraut, und so kann ich mir selbst es auch zutrauen!« Beim Abendgebet nahm er also den Platz des Abtes ein und las die Texte vor.

Nicht einmal ein kleines bisschen nervös war er. »Vertrauen bewirkt eben doch Wunder, Vater Abt hat es ja gesagt!«, dachte er bei sich. Und dann fiel ihm im Psalm 52, der eben gesungen wurde, ein Vers auf: »Ich aber bin wie ein grünender Ölbaum im Haus Gottes, ich vertraue auf die Güte Gottes immer und ewig.« »Das ist schön«, dachte er bei sich. »Wir dürfen Gott vertrauen, das gefällt ihm bestimmt!«

Und weil er heute so viel gelernt hatte, überlegte er weiter: »Es ist ja auch umgekehrt: Gott traut sicher auch uns etwas zu – und wenn schon das Vertrauen eines Menschen in uns Wunder bewirkt, wie viele Wunder müssen dann geschehen, wenn Gott uns vertraut oder etwas zutraut oder anvertraut! Was müsste uns das für ein Selbstvertrauen geben, wenn wir das wirklich ernst meinten ...«

Ganz schwindelig wurde dem kleinen Mönch bei solchen Gedanken. Und er war froh, als die letzten Worte des Abendgebets gesprochen waren und er erschöpft von so vielen neuen Gedanken ins Bett fallen durfte.

Vertrauen ist gut …

… Kontrolle ist besser. Diese Redensart ist uns allen bekannt. Und wenn man in die Geschichte der Menschheit schaut und in verschiedene Gesellschaften, kann man auch heute noch den Eindruck gewinnen, dass den meisten die Kontrolle deutlich leichter fällt als das Vertrauen. Ich denke an kommunistische oder generell an diktatorische Staaten mit ihren Staatssicherheitsbehörden, die Menschen beobachten und kontrollieren, damit sie systemgerecht funktionieren. Auch heute noch gibt es Staaten, die Menschen in dieser Art und Weise unterdrücken. Neuere Studien haben gezeigt, dass weniger als die Hälfte aller Menschen der Erde in Ländern leben, die ihnen ihre Freiheiten garantieren, wie zum Beispiel Presse- und Versammlungsfreiheit. Aber auch die katholische Kirche basiert immer noch auf einem kontrollierenden System. Immer noch gibt es Vertreter dieser Institution, die jegliche Kritik als den Versuch werten, die Kirche zu zerstören und damit die ihnen ihrer Ansicht nach von Gott gegebene Lehrautorität. Kürzlich erst sagte ein deutscher Bischof, dass die Theologie an den Universitäten nichts lehren dürfe, was dem Lehramt der Bischöfe widerspräche. Seiner Ansicht nach gehe es zudem nicht an, dass der Synodale Weg – eine Versammlung von Laien und Bischöfen, die sich seit mehreren Jahren regelmäßig trifft, um über notwendige Reformen in der Kirche zu beraten – in Deutschland versuche, die Lehrautorität der Bischöfe infrage zu stellen. Es hieß, beim Synodalen Weg habe es den Antrag gegeben, das Priesteramt abzuschaffen. Ein Freund, der Mitglied in diesem Gremium ist, berichtete mir jedoch, bei diesem Antrag sei es darum gegangen, dass man miteinander über die Frage ins Gespräch kommt, wozu es Priester gibt: Was sind ihre Aufgaben, welche nicht? Was müssen Priester tun, was können (und müssen) Laien übernehmen? Das ist aber etwas völlig anderes als zu sagen: Die wollen das Priesteramt abschaffen, die Kirche unterwandern und ihre Strukturen zerstören.

Wenn man so argumentiert, beschneidet man damit die Freiheit der Menschen und ihrer Meinungsäußerung. Dabei ist der Hintergrund einfach zu erahnen: Es geht um die eigene Lehrautorität und damit um den Selbstwert und vor allem um Macht.

In der Geschichte der Menschheit ist immer wieder auf diese Art Kontrolle ausgeübt worden. Häufig blieb es aber nicht bei der Unterdrückung einer Meinung, sondern es wurden auch Menschen beiseitegeschafft und getötet, weil sie nicht ins System passten oder sich der Kontrolle nicht beugen wollten. Immer wieder geht es dabei ausschließlich um die Angst vor Machtverlust und den Versuch, diese um jeden Preis zu bewahren. Menschen wollen die Bedeutung, das Ansehen nicht verlieren, ohne zu merken, dass sie ihre Autorität bei vielen allein schon durch ihr Gehabe verloren haben. Was ist das für eine Autorität, die aus Angst resultiert? Man gehorcht den Regierenden, dem System, weil man Angst vor Konsequenzen hat, wenn man sich dagegen auflehnt.

Lange Zeit hat man in der Kirche versucht, diese Machtansprüche in Gott selbst hinein zu verlegen, aus ihm einen »Kontrolletti« zu machen, einen Buchhaltergott, um sogar ihn unter Kontrolle zu bringen. Man vermittelte den Gläubigen: »Wir wissen, wie Gott ist, was er letztendlich will und was die Menschen zu tun haben, um seinem Willen zu gehorchen.« Glauben kann man aber nicht verordnen. Und Glauben heißt nicht, Vorschriften zu befolgen oder anders zu gehorchen. Glauben heißt vertrauen. Dass es Gott gibt, dass Jesus auferstanden ist, dass Gott uns etwas zutraut, darauf kann ich vertrauen. Ich kann es aber nicht wissen oder irgendwie kontrollieren, abfragen, sicherstellen.

Die geistliche Tradition kennt in den Weihegottesdiensten der katholischen Kirche (Diakonats-, Priester-, Bischofsweihe) den Satz: »Gott selbst vollende das Gute, das er an dir begonnen hat!« Es ist alter Glaube, dass Gott es ist, der Menschen in ein solches Amt ruft. Auch wenn es am

Ende Menschen sind, die entscheiden, ob jemand zu einer Weihe bzw. Profess zugelassen wird, und es ebenfalls Menschen sind, die über die Besetzung eines Bischofsstuhls entscheiden, so ist diese Zulassung im Letzten nur die Zustimmung zu dem Ruf Gottes, der an diese Personen ergangen ist – so die Überzeugung der Kirche. Berufungsgeschichten durchziehen daher auch die ganze Bibel. Und das im wahrsten Sinne des Wortes: »Im Anfang war das Wort«, heißt es im Buch Genesis. Bevor also überhaupt etwas wurde, hat Gott gesprochen: »Es werde!« Auf sein Wort hin ist alles entstanden. Er hat einen Ruf in seine Schöpfung ausgesandt (vgl. Gen 1).

Gott wollte, dass diese Schöpfung entsteht. Und im Menschen wollte er einen Partner haben, einen Ansprechpartner. Wenn die Bibel sagt, dass der Mensch Gottes Ebenbild ist (vgl. Gen 1,26), dann spricht sie ihm eine große Nähe zu Gott zu. Mystiker formulieren später sogar, dass Gott und Mensch eins seien. Diesen seinen Ebenbildern vertraut Gott alles an. Ihnen übergibt er die Schöpfung (vgl. Gen 1,28). Mit diesem Auftrag, der Mensch solle sich die Schöpfung unterwerfen, ist gemeint, er solle die Erde bebauen, behüten und pflegen. Man kann diesen Bogen weiter spannen bis heute. In der Kirche St. Ludgeri in Münster hängt eine Christusfigur, der im Krieg bei einem Bombenangriff beide Arme abgerissen wurden. Beim Wiederaufbau beließ man diese Figur bewusst so und schrieb den Satz darunter: »Ich habe keine anderen Hände als die euren.« Wir Menschen sind es, denen es aufgegeben ist, Erde und Welt im Sinn Gottes zu gestalten. Noch eindrücklicher ist es, wenn ich mir bewusst mache, dass sich in der Kommunion bei der Abendmahlfeier, wenn ich in Erinnerung an das letzte Mahl Jesu mit seinen Jüngern ein Stück Brot empfange, das nach katholischem Verständnis Leib Christi ist, Jesus selbst sich in unsere Hände legt und sich uns anvertraut.

Die ganze Bibel bezeugt dieses Vertrauen Gottes in den Menschen: Abraham wird mitten in der Wüste unter einem leuchtenden, unendlich weiten Sternenhimmel gerufen, aufzubrechen, alles hinter sich zu lassen und noch einmal ganz neu zu beginnen (vgl. Gen 21,1) – nur mit der Verheißung im Gepäck, dass Gott mit ihm sein und er ihm zahlreiche Nachkommen schenken wird. Mose wird von Gott an einem brennenden Dornbusch gerufen, das Volk Israel aus der Gefangenschaft in Ägypten in ein Land zu führen, in dem es in Freiheit und selbstbestimmt leben kann. Gott vertraut darauf, dass dieses Volk sich selbst eine Ordnung geben und sich so organisieren kann, dass das gemeinsame Leben im eigenen Land dem Wohl jedes Einzelnen, aber auch aller zusammen dient (vgl. Ex 3). Das traut er ihnen zu. Jesus spricht bei der Berufung seiner Jünger jeden Einzelnen bei seiner alltäglichen Arbeit an. Er fordert sie auf, von jetzt auf gleich alles stehen und liegen zu lassen und ihm nachzufolgen (vgl. u. a. Mt 4,18–22). Ebenso bei Paulus: Als dieser gerade nach Damaskus unterwegs ist, um dort Anhänger des »neuen Weges«, wie das Christentum zu Beginn genannt wurde, festzunehmen und sie für einen Prozess nach Jerusalem zu bringen, begegnet ihm Christus in einer Vision. Paulus bekehrt sich und nimmt den Auftrag an, von jetzt an Jesu frohe Botschaft zu verkündigen (vgl. Apg 9). Seinen vielen und unermüdlichen Reisen in Westeuropa ist es zu verdanken, dass das Christentum sich hier verbreitet hat und bekannt wurde.

Das Verrückte an all diesen Berufungen ist, dass Gott sich Menschen aussucht, die durchaus keine lupenreine Weste haben. Mose hat in frühen Jahren einen Ägypter getötet, als dieser einen seiner Landsleute angegriffen hat (vgl. Ex 2,11). Paulus war eben ein Verfolger der Christen und auch anwesend, als der erste christliche Märtyrer – Stephanus – hingerichtet wurde. Petrus war kein Mörder, aber einer, der Jesus verleugnete (Lk 22,54ff) und dann trotzdem von ihm nach Ostern neu gesandt wurde, seine Botschaft in die Welt zu tragen (Joh 21,15ff). In all diese Menschen setzt Gott sein Vertrauen, ihnen traut er zu, seinen Auftrag anzunehmen und auszuführen. Und aus all diesen Berufungen ist am Ende Großes entstanden.

Über 3,7 Milliarden Menschen gehören zurzeit einer der Religionen an, die aus Abraham und Mose, Jesus und seinen Jüngern, aus den unzähligen Reisen des Paulus entstanden sind: Judentum, Islam und Christentum. Natürlich haben diese in ihrer bisherigen Geschichte nicht nur geglänzt, sondern auch ihre Schattenseiten gezeigt. Aber durch all die Jahrhunderte bis heute hat Gott nicht aufgehört, sein Vertrauen in die Menschen zu setzen.

Ich halte das Vertrauen Gottes in uns für eine starke Quelle der Resilienz. Resilienz ist heute ein wichtiges Wort im Zusammenhang mit der seelischen Gesundheit eines Menschen und meint die Fähigkeit, sich zu regenerieren, Kräfte zu mobilisieren und stressige Situationen gut bewältigen zu können. Das Vertrauen Gottes in uns Menschen kann eine solche Ressource sein, die mich motiviert, meinen eigenen Weg zu gehen, den Weg, auf den Gott mich ruft, den er mir zutraut und auf dem er mich auch Herausforderndes meistern lässt.

Es gibt Situationen im Leben, da hat man gar keine andere Chance, als auf diesen Grund, auf diese Kraft zu vertrauen und daran zu glauben, dass der, den wir Gott nennen, noch etwas mit mir vorhat, dass er noch nicht mit mir am Ende ist. Ich muss wieder einmal auf meinen Jakobsweg zurückkommen. Als ich aufgrund von Schmerzen in Frankreich einen Dorfarzt aufsuchte, meinte er, nachdem er mir zugehört und mich abgetastet hatte, es sei nichts Schlimmes, ich müsse nur ein paar Tabletten nehmen, dann sei die Sache in einigen Tagen erledigt. Aus meiner Erfahrung wusste ich, dass es auch etwas anderes hätte sein können, das eines operativen Eingriffs bedurft hätte. Da aber weder ein Krankenhaus in der Nähe war noch dieser Arzt moderne Geräte hatte, die den Befund hätten absichern können, musste ich mich auf seine Diagnose verlassen und mich in Gottvertrauen üben. Oder einfach mir selbst und dem Leben vertrauen: dass es schon gut werden würde und dass ich die Kraft habe, die Schmerzen auszuhalten und zu heilen. Es ist die Erkenntnis des kleinen Mönches: Wenn Gott mir etwas zutraut, kann ich auch ihm vertrauen. Und mir selbst.

Beginnt ein Mensch so, sich selbst zu vertrauen, seiner Einmaligkeit, dem, was er in die Welt bringen soll in Gottes Namen und Auftrag, dann greift auch keine Kontrolle mehr. Er wird sich keinem System mehr unterordnen, das versucht, alle Menschen nach einem Muster laufen zu lassen. Jemand, der in dieser Weise Selbst- und Gottvertrauen gelernt hat, muss anderen nicht mehr vorschreiben, was diese zu tun und zu lassen haben. Oder was sie glauben müssen und was nicht.

Genau das ist es auch, das Vertrauen so schwer macht. Ich weiß dann nicht mehr, was geschieht, welche Freiheiten sich einer nimmt. Das eigene Glaubensgebäude, das einem selbst lange Halt gegeben hat, gilt für andere unter Umständen nicht mehr. Dann aber wird auch die eigene Existenz infrage gestellt, ob man alles richtig gemacht hat, und man wird sich bewusst, dass man selbst vielleicht gerne im Selbstvertrauen gelebt hätte, es sich aber nicht erlauben konnte, weil man zu sehr im eigenen System gefangen war.

Entlasse ich Menschen aus der Kontrolle und erlaube ich ihnen, nicht mehr nach dem vorgegebenen System zu leben und diesem zu folgen, sondern in sich selbst Antworten und Wege des Lebens zu finden, dann entziehen sie sich mir auch, ich habe keinen Einfluss mehr auf sie. Aber gerade diese Nähe brauchen manche Menschen. Und andere brauchen die vermeintliche Anerkennung, die sie darin zu erkennen glauben, dass andere ihrem System folgen und sich dem, was sie sagen, unterordnen. Anderen Vertrauen zu schenken, sie nicht mehr zu kontrollieren bedeutet, mit Freiheit und Weite leben zu lernen, in die ich andere entlasse, aber auch mich selbst. Eine solche Weite kann zunächst auch Angst machen, weil man sich darin verloren vorkommt, nicht gesehen und beachtet. Man selbst muss sich Anerkennung und Respekt schenken, den eigenen Wegen vertrauen und innerlich um die richtige Antwort auf Fragen ringen. Das ist mühsamer als vorgefertigte Antworten zu übernehmen. Mit denen kann man sich auch aufs Sofa setzen und sich gemütlich vom Fernseher berieseln lassen.

Kirche erwartet bis heute systemkonforme Menschen. Allein aufgrund ihrer vermeintlichen Autorität kraft ihres Amtes sollen sie den Amtsträgern der Kirche vertrauen und glauben, was sie vorgeben. Nehme ich aber die biblische Aussage ernst, dass jede und jeder Gottes Ebenbild ist und er uns vertraut, dann ist im Letzten nicht mehr die Kirche die Instanz, die uns Lebensregeln vorschreiben und Vorschriften machen kann, wie wir uns zu verhalten haben, sondern dann finden wir im Gottvertrauen in uns selbst den Weg, auf dem es für uns lang- und weitergeht. Wie perfide erscheint es uns heute, dass die Kirche bis in die Neuzeit hinein mit rigiden Vorschriften meinte, sogar in die Schlafzimmer der Menschen vordringen zu können und zu dürfen. Heute gilt ein solches Verhalten als übergriffig und wird als geistlicher Missbrauch verstanden. Keiner kann anderen das Recht nehmen, selbst zu entscheiden, wann er wie wo wen lieben will.

Natürlich braucht es Richtlinien, die das Zusammenleben der Menschen regeln. Aber soweit ich das verstanden habe, ist der Auftrag Jesu an uns Menschen in Zusammenfassung: »Liebe deinen Nächsten wie dich selbst; liebe Gott.« Das heißt mit anderen Worten: Hab Respekt vor allem Leben, geh vernünftig damit um – mit Schöpfung, Tier und Mensch, weil Gott all das erschaffen hat. Braucht es mehr als Lebensregel?

Als ich nach Tansania gegangen bin, habe ich kurz zuvor zufällig einen Text gelesen, in dem es darum ging, dass man, wenn man in einem Land mit einer fremden Kultur zu Gast ist, vor dieser Respekt haben sollte: vor ihren Traditionen und ihrer Spiritualität, ihrer Religion. Denn die Menschen haben Gott nicht erst mit den christlichen Missionaren kennengelernt. Er war schon viel früher dort. Es klingt wie eine Binsenweisheit, ist aber deshalb nicht weniger wahr: Gott ist nicht erst mit der Kirche zu den Menschen gekommen. Und er kommt auch heute nicht nur in der Kirche zu ihnen, sondern unmittelbar, im persönlichen Anruf, egal, in welcher Kultur, in welcher Religion, in welchen anderen Lebenszusammenhängen er steht. Gott findet den Menschen und der Mensch findet Gott. Das lässt sich an vielen biblischen Geschichten ablesen, findet sich aber genauso in allen anderen menschlichen Traditionen und Glaubensrichtungen.

Es braucht nicht die Vermittlung irgendeiner Tradition oder Religion. Wir können Gott direkt und unmittelbar in uns selbst finden. Damit sind wir wieder bei Benedikt und seiner Regel. Diese beginnt mit dem einen Wort: »Höre!« Und weiter heißt es: »Höre auf die Weisung des Meisters!« Mit Sicherheit bezieht Benedikt dies darauf, dass seine Mönche auf diese Regel hören sollen. Aber wichtiger noch ist für ihn stets ein Hören auf Gott. An anderer Stelle sagt er, dass diese Regel durchaus verändert werden kann, wenn einer die Eingebung, die Erkenntnis hat, dass sie zu verbessern oder zu ändern sei. Er konnte zudem nicht alles bis ins kleinste Detail regeln, schon gar nicht im Hinblick auf all das, was nach seiner Lebenszeit kommen sollte. Viele Fragen des Alltags müssen daher der Abt und die Mönche eines Klosters im Hören auf Gott beantworten. Das gilt für jeden Menschen in seinem Alltag, in seinem Umfeld, bei seiner Arbeit, in seinen Aufgaben und seiner Familie.

Bei diesem Gedanken wird dem kleinen Mönch ganz schwindlig: Gott vertraut ihm und er traut uns zu, das eigene Leben, die Gesellschaft, die Politik verantwortlich in seinem Sinn zu gestalten. Vielleicht wird ihm da nicht bei jeder alltäglichen Entscheidung schwindlig, aber ihn bewegt doch die Einsicht: Was müsste es mir für ein Selbstvertrauen geben, wenn ich darauf vertraue, dass Gott mir vertraut? Was kann dann nicht alles möglich werden? Wie es in einem Psalm heißt: »Mit meinem Gott überspringe ich Mauern« (Ps 18,30).

Vor über dreißig Jahren haben die Menschen bei den Montagsdemonstrationen in der DDR dieses Vertrauen in Gott wörtlich Wirklichkeit werden lassen. Und das geschieht auch heute noch, selbst wenn es dabei eher um die Mauern in den Köpfen und den Lehren der Kirche geht, wie zum Beispiel in der Aktion »#OutInChurch« deutlich wurde, bei der sich queere gläubige Menschen endlich sichtbar machten und sich sagten: »Wir wagen das; wir müssen das wagen, wir haben keine andere Chance, weil wir nur so dem Ruf Gottes folgen können, den wir in uns hören.« Im Selbstvertrauen kann ich eine starke Kraft in mir entdecken, die beinahe Wunder möglich macht.

Annahme

Entscheidet sich ein Mönch nach Noviziat und zeitlicher Profess, also gut sechs Jahren auf Probe, ein Leben lang den Mönchsweg mit uns zu gehen und für immer im Kloster zu bleiben, legt er seine sogenannte feierliche Profess ab. In einem Gottesdienst bezeugt er seine Entscheidung vor Gott, dem Abt und der versammelten Mönchsgemeinschaft. Bestandteil des entsprechenden Ritus für diesen Gottesdienst ist die sogenannte »prostratio«. Übersetzen kann man diesen lateinischen Begriff mit »Niederwerfung«, und er meint eine uralte Gebetsgebärde. Sie bezieht sich auf den Psalm 95, in dem es heißt: »Kommt, wir wollen uns niederwerfen, uns vor ihm verneigen, lasst uns niederknien vor dem Herrn, unserem Schöpfer!« In der Haltung der Prostratio legt sich der Mönch längs ausgestreckt auf den Boden, den Kopf auf die übereinandergelegten Hände. In unserer deutschen Sprache kennen wir den Ausdruck »am Boden sein« und meinen damit, dass jemand seelisch keine Kraft mehr hat, nicht mehr weiß, wie es weitergehen soll. Ein Mönch, der so zu Boden geht und das bewusst tut, drückt dagegen damit aus, dass er sein ganzes Vertrauen auf Gott setzt. Er ist überzeugt und weiß, dass er ohne die Kraft Gottes diesen Weg nicht gehen kann. Während der Mönch diese Gebärde vollzieht, singt die Gemeinde die sogenannte Allerheiligenlitanei: Eine lange Reihe von Heiligen, die für die katholische Kirche Menschen sind, die vorbildlich den christlichen Glauben gelebt haben, werden um ihre Fürsprache bei Gott angerufen. Die Absicht dahinter ist: Der Mensch, der nun den Weg als Mönch für sein ganzes Leben wagt, ist damit nicht allein. So viele vor ihm sind einen ähnlichen Weg gegangen und werden ihn mit ihrer Fürbitte auch weiterhin begleiten.

Wenn sich der Mönch nach einer ganzen Weile – die Prostratio dauert eine Viertelstunde – wieder aufrichtet, ist das wie eine kleine Auferstehung. Er spürt, dass Gott ihn aufrichtet, aufrecht gehen lässt, ihm Selbstvertrauen schenkt, nachdem er sein ganzes Vertrauen auf Gott gesetzt hat. Er sagt ihm zu, dass er den Weg wagen darf und kann. Ein altes jüdisches Sprichwort im Talmud, dem Lehrbuch der jüdischen Gesetze, besagt, dass der Mensch des Weges geführt wird, den er wählt. Das wird hier ganz wörtlich spürbar.

Der Prostratio folgt als weiterer Schritt der – wenn man so will – »Liebesgesang« des Mönches, das »Suscipe me«: »Nimm mich auf, o Herr, wie du verheißen hast, und ich werde leben. Und lass mich in meiner Sehnsucht nicht scheitern« (Ps 199,116). Der Mönch hat wie jeder andere Mensch Sehnsucht nach Leben und Lebendigkeit, nach Entfaltung und Aufblühen, nach Sinn. Er vertraut darauf, dass das Mönchsein der Weg ist, auf dem Gott ihn zu all dem führt, was er sich ersehnt, und ihm das Selbstvertrauen schenkt, immer wieder aufzustehen, nicht am Boden liegen zu bleiben.

Zu diesem Gesang breitet der Mönch seine Hände aus und erhebt sie. In solch offenen Händen kann man nichts festhalten. Wir haben aber in uns eine Tendenz, festhalten, alles kontrollieren und selbst richten zu wollen. Ich kenne es von mir selbst. Ich bin ein ungeduldiger Mensch. Das führt dazu, dass ich oft Dinge schnell umsetzen möchte. Was ich mir morgens vornehme, muss abends fertig sein. Manche Dinge brauchen aber Zeit, Geduld, Wachsen, Reifen, Gedeihen. Wenn es dann nicht so schnell geht, wie ich es gerne hätte, will ich es erst recht und versuche, es sozusagen mit aller Gewalt zu erreichen. Ein Beispiel: Die beiden Meister in unserer Schmiede haben auch eine Ausbildung als Silberschmied, daher ließen sie mich eine Woche lang aus einem Kupferblech einen kleinen Kelch erarbeiten. Sie wollten sehen, ob für einen Ungelernten in diesem Handwerk eine Woche ausreichend Zeit ist für ein solches Projekt. Wenn es denn gelingen sollte, sollte ein entsprechender Kurs im Gästehaus angeboten werden. Ich war sozusagen der Proband für dieses Projekt. Lief der erste Arbeitsschritt, die Form dieses Kelches herauszuarbeiten, gut und zufriedenstellend, so bin ich am zweiten Schritt schier verzweifelt. Beim sogenannten Planieren geht es darum, mit einem Polierhammer das Werkstück so zu bearbeiten, dass keine Delle mehr zu sehen ist, es eine ästhetische und harmonische Form hat und die Oberfläche eben gearbeitet ist, sodass man den gleichmäßig geführten Hammerschlag erkennt. Als mir das nicht gelang, spürte ich Ungeduld und verfiel in ein inneres Lamentieren: »Ich kann das nicht, ich lass das sein, das funktioniert doch eh nicht.« Ich spürte, wie ich körperlich verkrampfte, vor allem die Hände, und es jetzt unbedingt hinbekommen wollte. Gott sei Dank konnte ich dann meinen Frust aussprechen, die Arbeit ruhen lassen, die Hände öffnen und entspannen. Der eine Meister sagte: »Warum, denkst du, haben wir in diesem Fach eine Lehre von dreieinhalb Jahren gemacht?« Und der andere: »Erstmal ist wichtig, dass du es jetzt machst, es ist deine Arbeit, dein Handwerk – und dadurch schon etwas Besonderes.« Das hat mich durchatmen lassen, meine Verkrampfung gelöst. Und auch im übertragenen Sinn meine Hände geöffnet. Das eine, das unbedingte, fast erzwungene Wollen, hat die Kraft in mir blockiert, verkrampft; das andere dagegen hat sie geöffnet und meine Kraft wieder ins Fließen gebracht. Im Vertrauen auf mich und die schöpferische Kraft Gottes in mir konnte ich mir sagen: Ich schaffe das!

Die geöffneten Hände beim Gesang des »Suscipe me« symbolisieren genau dieses Vertrauen. Wer so die Hände öffnet, der hat im wahrsten Sinne des Wortes nichts in der Hinterhand – die deshalb so heißt, weil es eine ist, die man hinter dem Leib versteckt und nicht zeigt. Der bei uns zur Begrüßung übliche Händedruck, das Händeschütteln, war in früheren Zeiten dafür Ausdruck: Wenn ich mit meinen leeren Händen die Hand des anderen schüttele, kann ich keine Waffen oder Ähnliches darin tragen oder plötzlich hervorholen. Es war und ist eine Geste des gegenseitigen Vertrauens. Man begegnete dem anderen mit friedlichen Absichten. Die geöffneten Hände vertrauensvoll Gott hinzuhalten zeigt daher auch, dass ich bereit bin, mich ganz in seine Hände zu geben und zu vertrauen, dass er sie füllt. Ohne doppelten Boden. Ich glaube, dass auch das zum Leben dazugehört – es zu wagen, ihm eine Richtung zu geben, ohne mich tausendmal abzusichern. Darin liegt für mich eine große Kraft – entschieden einen Weg zu gehen und diesem zu trauen, wenn ich in mir spüre, diesen jetzt gehen zu sollen. Hier hat unser Hang zur Kontrolle ihren Ursprung: Wir wünschen uns eine Sicherheit, die es nicht gibt. Und auch nie geben wird. Leben gelingt nur im Vertrauen, Beziehung gelingt nur im Vertrauen, die Rettung der Erde, ihres Klimas, ihrer Umwelt, das friedliche Zusammenleben gelingt nur im gegenseitigen Vertrauen und in gemeinsamer Arbeit und Anstrengung.

Manch ein Mitbruder bringt im privaten Vollzug der Gebärde der Prostratio dieses Vertrauen zum Ausdruck. Ihnen hilft diese Gebetsform gerade dann, wenn sie für eine Situation keine Lösung wissen, die Antwort auf eine Frage noch nicht haben, sie sich in einem Problem verhakt haben. Aus eigener Erfahrung weiß ich, wie sehr eine solche Gebärde den Kopf freimachen kann, einen aus dem Denken und Grübeln herausbringt. Für einige Augenblicke muss ich gar nichts tun, nichts lösen. Ich kann die Erde unter mir spüren, mit meinem ganzen Leib den Boden berühren, der mich trägt. Ich kann mich darin auch ganz Gott überlassen, seiner Zusage: »Steh auf, ich bin mit dir, ich stärke dich, hab Vertrauen!« Wenn ich mich dann wieder aufrichte, kann ich in dem Vertrauen, die Antworten und Lösungen im Hören auf die innere Stimme in mir selbst zu entdecken, weiter meinen Weg gehen.

Die Gebärde der Prostratio kann auch eine Geste der Ohnmacht sein, weil ich spüre, dass es Situationen im Leben gibt, auf die ich keinen Einfluss nehmen kann. Ich würde sie gerne ändern, mir sind aber die Hände gebunden. Es versinnbildlicht dann und macht auch körperlich spürbar, dass ich nicht alles in der Hand habe, sondern mich manchem einfach überlassen muss – die Arme öffnen, empfangen, was kommt, ob mir das nun in den Kram passt oder nicht. Andererseits macht die Geste auch spürbar, dass ich nicht für alles verantwortlich bin und es auch nicht sein muss. Oder dass ich eben in mancher Beziehung ohnmächtig bin und mir nichts bleibt, als zu beten und das Vertrauen zu haben, dass es sich zum Guten wenden wird.

In dieser Hinsicht hat mich einer unserer Sonntagsgottesdienste nach Beginn des Ukrainekriegs tief berührt. »Herr, unser Gott, nie hast du aufgehört, das Leid deines Volkes zu sehen. Angesichts all dessen, was heute ist, wollen wir in die kniende Gebärde des Karfreitags gehen vor deiner Gegenwart« – mit diesen Worten lud Pater Meinrad Dufner alle Mitfeiernden ein, anstelle der Fürbitten still niederzuknien. In jedem Karfreitagsgottesdienst knien wir zu den sogenannten »großen Fürbitten« nieder. Ich empfand es als ein starkes Zeichen, das analog zu der Prostratio zu verstehen ist: Dort, wo wir keine Worte mehr haben, wo die Stimme versagt vor lauter Erschrecken über das, wozu Menschen fähig sind, niederzufallen und still mit unserem ganzen Sein, unserem ganzen Leib diese Welt Gott hinzuhalten. Weil wir spüren: Hier sind wir jetzt ohnmächtig, hier können wir nichts tun, nicht aktiv Einfluss auf Veränderung nehmen. Ein Mitbruder hat in einem Lied, das wir immer im Morgenlob am Beerdigungstages eines Mitbruders singen, gedichtet: »Nicht in die Leere falle die Vielfalt irdischen Seins.« Danach rufen wir in einer solchen Geste – mit unserem ganzen Leib. Es darf uns bis ins innerste Mark gehen: All das, was Gott geschaffen hat in seiner Vielfalt, soll jetzt nicht endgültig zerstört, dem Erdboden gleichgemacht werden. Wir hoffen und vertrauen darauf, dass die göttliche Macht fähig ist, in der Zerstörung, im Tod Leben zu schaffen.

Keiner von uns kann die große Weltpolitik ändern; das Einzige, was wir tun können, ist, im Gebet Gott die Welt hinzuhalten, wie es in der fürbittenden Gebärde geschieht. Und dann die Dinge in den Blick zu nehmen, die wir ändern können. Einem Gast, der in dieser Zeit das Gespräch mit mir suchte und davon erzählte, dass er sich gerade ohnmächtig fühle angesichts der Weltsituation, sagte ich, dass es wichtig sei, nicht in der Ohnmacht zu bleiben, nicht in Lethargie zu verfallen, sondern in die Aktion zu gehen. Er erzählte, dass er Veganer sei und sich für den Stopp der Umweltzerstörung engagiere. Er frage sich aber, was denn sein Beitrag beispielsweise für das Klima wert sei angesichts von Krieg und anderer weltweiter Krisen. Ich erklärte ihm, dass seine bewusste Ernährungsweise, seine Konsumreduktion, sein Beitrag zur Rettung der Umwelt wesentlich sei, um diese Erde, die uns anvertraut ist, bewohnbar zu erhalten. Nur wenn das gelingt, werden auch in Zukunft Menschen hier in Frieden miteinander leben können. Diese Würdigung seines Engagements hat ihn gestärkt und die Ohnmacht in ihm reduziert.

Es gibt Menschen, die sich auf ihrem Weg verrennen, die ihre Energie, ihre Kraft einsetzen im Kampf gegen Windmühlen. Sie wollen etwas unbedingt erreichen, verkämpfen sich aber dabei. Es ist eine Form von Selbstvertrauen, seine eigene Kraft so einschätzen zu können, dass man weiß, wo die Grenzen des eigenen Engagements sind. Menschen, die hier ihre Hände öffnen und loslassen können, Gott die nicht lösbaren Dinge anvertrauen können, werden frei, um mit Selbstvertrauen dort ihre Kraft einzusetzen, wo es Sinn ergibt und anderen hilft.

Der Gehorsam, den ein Mönch bei seiner Profess verspricht, hat ebenfalls mit dem Hören zu tun. Schon sprachlich gesehen ist es in dem Wort Gehorsam enthalten. Aber auch in den Klöstern wurde dieses Hören, der Gehorsam häufig (absichtlich) missverstanden und in dem Sinn gedeutet, dass man von den Mönchen erwartete, Entscheidungen des Abtes fraglos zu akzeptieren und im Gehorsam zu befolgen. Ich weiß aus Erzählungen von Mitbrüdern, dass es da auch keine Diskussion gab. Es war völlig egal, ob die Entscheidung des Abtes der Lebendigkeit und Entfaltung des Mönches diente oder nicht, ob er einverstanden war oder nicht. Hier wurden Leute kleingehalten, gebrochen, nicht gewürdigt und respektlos behandelt. Das kann nicht in dem Sinn des Gottes sein, auf den auch ein Abt eigentlich hören sollte. Heute wird das Hören Gott sei Dank in erster Linie so verstanden, dass der Ruf Gottes zuerst in der eigenen inneren Stimme vernehmbar und erkennbar wird.

Das kann auch eine Herausforderung sein. Ich bin gefordert, in mich selbst hineinzuhören, mich mit mir selbst auseinanderzusetzen, Stellung zu beziehen und meine Meinung zu sagen. Einfach Antworten anderer zu übernehmen, andere über mich entscheiden zu lassen, ihren Richtlinien zu folgen, erscheint dagegen oft leichter. Es bewahrt mich vor der inneren Auseinandersetzung, führt aber auch zur Profillosigkeit. Im Kloster ist es häufig zunächst der Abt, der das Hören intensiv betreibt, denn ihm obliegen viele Entscheidungen, unter anderem die, in welchem Arbeitsbereich ein Mitbruder eingesetzt wird. Es kann passieren, dass der Abt dann jemanden bittet, diese oder jene Aufgabe zu übernehmen, mit der er sich selbst noch gar nicht auseinandergesetzt oder die er bisher für sich nicht einmal in Erwägung gezogen hat. Oder dass der Abt für die Ausbildung eines jungen Mitbruders Vorschläge macht, die dieser selbst gar nicht im Kopf hatte. Hier geht es dann erst recht um ein Hören nach innen, auf die eigene innere Stimme. Ist da eine Idee, die ich gar nicht im Blick hatte, die aber gut ist, mir entsprechen könnte, mit der ich mich anfreunden kann, weil ich die Chance erkenne, die darin steckt? Mitbrüder berichten immer wieder über Fähigkeiten, die sie an sich entdeckt haben, weil der Abt sie mit einer Aufgabe betraut hat, die sie erst nach einer Bedenkzeit angenommen haben. Auch der kleine Mönch hat mit der Anfrage des Abtes nicht gerechnet bzw. mit seiner Bitte, ihn zu vertreten. Und er erkennt, dass er es wagen kann, der Bitte zu entsprechen, weil er spürt: Der Abt traut ihm das zu. Dieses Zutrauen zu erfahren, zu hören: »Du kannst das«, ist dann etwas ganz anderes als ein eingeforderter bedingungsloser Gehorsam.

»Befiehl dem Herrn deinen Weg,
vertrau ihm – er wird es fügen.«

Psalm 37,5

»Ich aber bin wie ein grünender Ölbaum im Haus Gottes, ich vertraue auf die Güte Gottes immer und ewig.«

Psalm 52,10

»Ich habe keine anderen Hände als die euren.«

Kirche St. Ludgeri, Münster; angelehnt an ein Gebet aus dem 14. Jahrhundert:

»Christus hat keine Hände, nur unsere Hände, um seine Arbeit heute zu tun.«

Fragen

Hast du dich schon einmal ohnmächtig gefühlt? Wenn ja, was war der Grund?

Kannst du dir vorstellen, eine Übung wie die Prostratio auszuprobieren und einfach zu vertrauen?

Fällt es dir schwer, anderen Menschen zu vertrauen? Falls ja: Was, glaubst du, ist der Grund?

Kannst du dir selbst vertrauen?

Hast du schon einmal die Erfahrung gemacht, dass jemand dir eine Aufgabe anvertraut hat und du dabei ganz neue Talente an dir entdeckt hast? Falls ja: Kannst du dir vorstellen, das noch einmal in einem neuen Bereich zu versuchen?

Hast du Erfahrungen mit Gott?

Übungen

Wenn du dich ohnmächtig fühlst, wenn du spürst, du kannst Dinge nicht ändern, die du gerne ändern würdest, oder wenn du merkst, dass du gegen Windmühlen kämpfst, versuche einmal, dich auf die beschriebene Prostratio einzulassen und die Übung einfach auszuprobieren: Leg dich längs ausgestreckt auf den Boden, komm zur Ruhe, lass deine Gedanken los, spür deinen Körper, wie er geerdet wird, und halte Gott (oder wie immer du diese Kraft für dich nennst) dich und die Situation, die dich bedrückt, hin. Versuche, in Gedanken alle Lösungsversuche loszulassen und einfach im Augenblick zu sein. Steh wieder auf und spüre dem nach, was die Übung in dir bewirkt hat. Vielleicht hast du neues Selbstvertrauen gewonnen, jetzt die Aufgaben anzugehen, die dir gestellt sind, und auf die Situationen zu schauen, auf die du Einfluss nehmen kannst, die du verändern kannst.

Wenn du merkst, dass du meinst, eine Aufgabe nicht bewältigen zu können, wenn du verkrampfst, du unbedingt etwas willst oder dich neu mit deiner inneren Kraft verbinden willst und zu sehr im Kopf bist: Stell dich hin und öffne deine Hände. Entspanne deine Arme. Nimm den Boden unter deinen Füßen wahr. Spüre deinen Atem. Stell dir vor, dass diese Lebensenergie in deine Arme und Hände fließt. Wisse, dass Gott in dir ist, in dir atmet. Nach einigen Minuten löse dich aus dieser Haltung und geh wieder an deine Arbeit, deine Aufgaben.

Es gibt in der Bibel eine ganze Reihe von Menschen, mit denen Gott Geschichte geschrieben, denen er Vertrauen geschenkt hat, obwohl sie gar nicht so vertrauenswürdig erschienen, zum Beispiel Abraham, Mose, Paulus, Maria Magdalena. Lies die jeweilige Geschichte in der Bibel oder wähle dir einen Menschen aus, der dir Vorbild ist und dich fasziniert. Geh dann in die Stille und betrachte den Gedanken, dass Gott auch mit dir etwas vorhat, dir sein Vertrauen schenkt, an dich glaubt. Was macht das mit deinem Selbstvertrauen?

Lebe einmal einen Tag so, als ob es Gott gäbe. Vertraue ihm und dir! Was ändert sich?

Der kleine Mönch lernte viel in diesen Tagen, die schneller vergingen, als er befürchtet hatte. Natürlich ließ er es sich nicht nehmen, sein Buch ein paar Mal nicht im Garten, sondern im bequemen Sessel des Abtes zu lesen – aber er war doch froh, als dieser dann, fröhlich am Tor hupend, aus dem Urlaub zurückkehrte.

Der kleine Mönch lief ihm entgegen und half ihm wieder mit dem Gepäck. »Und, wie war es?«, fragte der Abt lachend. »Steht das Kloster noch?« »Naja«, antwortete der kleine Mönch amüsiert, »Ihr werdet es sehen ...«

Auch wenn der kleine Mönch wusste, dass er in den letzten Tagen innerlich ein bisschen gewachsen war, freute er sich, dass er beim Mittagsgebet und beim Mittagessen wieder an seinem Platz sitzen durfte. Und als das Mittagessen hereingebracht wurde, blickte er neugierig zum Abt, der sein Erstaunen beim Öffnen der Schüssel kaum verbergen konnte.

Nach dem Essen half der kleine Mönch wie gewohnt dem Koch in der Klosterküche mit dem Abwasch. Da betrat der Abt den Raum und begann gleich: »Also so etwas Leckeres! Gefüllte Paprikaschoten hatte ich ja schon ewig nicht mehr!«

Der kleine Mönch zwinkerte dem Koch zu. »Ja, das ist eines der Wunder, die hier in den letzten Tagen geschehen sind.«

Wunder geschehen

Beim letzten Satz des kleinen Mönches muss ich sofort an das Lied »Wunder gibt es immer wieder« von Katja Ebstein und »Wunder geschehn« von Nena denken. Wir tun uns oft schwer damit – zumindest, was die biblischen Wunder betrifft, also die Heilungswunder, die Jesus gewirkt hat. Das liegt aber häufig daran, dass wir sie wörtlich nehmen und es uns daher schwerfällt, zu glauben, dass Aussatz plötzlich verschwindet oder ein Lahmer wieder gehen kann.

In den letzten Jahrzehnten haben jedoch einige, häufig interdisziplinäre Richtungen versucht, diese Wunder auf einer menschlich nachvollziehbaren Ebene zu erklären. Zum Beispiel mit der Methode der tiefenpsychologischen Schriftauslegung. Da wird die Heilung eines Gelähmten dann zu der Möglichkeit, dass er im übertragenen Sinn wieder aufstehen und gehen kann: Er findet die Kraft, für sich einzustehen, seinen Weg zu gehen, sich nicht von anderen lähmen, ausbremsen oder blockieren zu lassen.

Schaut man sich die Wunder- und Heilungsgeschichten Jesu einmal genauer an, wird deutlich, dass er, ehe er etwas an einem Menschen wirkt, ihn immer zuvor nach seinem Vertrauen fragt. Als er in der Erzählung von der Heilung eines Blinden diesen fragt: »Was willst du, dass ich für dich tun soll?« (Mk 10,51), heißt das doch auch: Was traust du mir zu, dass ich für dich tun kann? An einer anderen Stelle im Evangelium, in der ein heidnischer Hauptmann ihn um die Heilung seiner Tochter bittet, sagt er sogar auf den Glauben und das Vertrauen dieses Hauptmanns bezogen: »Solch einen Glauben habe ich nirgendwo in Israel gefunden« (Mt 8,10). Glauben meint eigentlich Vertrauen, und nicht das Wissen, dass es stimmt mit dem Glauben. Glauben heißt, dass ich darauf vertraue, dass es da einen Gott gibt, der Dinge möglich macht, die mir unmöglich, die mir wunderbar erscheinen.

In den beiden Liedern, die ich am Anfang des Kapitels genannt habe, geht es um das Glück im Leben eines Menschen. Liebende sprechen davon, dass der andere ein Wunder für sie ist, und dass es ein Wunder ist, dass sie sich getroffen haben – manchmal auch gerade in dem Moment, in dem man nicht mehr geglaubt hat, dass es die große Liebe gibt, weil man schon so viel Enttäuschung erlebt hat. Und dann steht da ein Mensch vor einem, dem man ganz vertrauen kann, der sich von Beginn an vertraut anfühlt, einem nahe ist. Durch einen solchen Menschen wandelt sich das Leben. Vielleicht ist das das größte Wunder im Leben: dass man vertrauen kann bzw. einem vertraut wird, obwohl man weiß, dass man selbst und der andere Fehler hat und macht und keiner perfekt ist.

Gott macht uns das vor in seinem unerschütterlichen Vertrauen in den Menschen, obwohl er um seine Schwächen und seine Angst weiß. Das beste Beispiel hierfür ist Petrus, der Jesus vor seiner Kreuzigung drei Mal verrät, indem er beteuert, nicht zu ihm zu gehören, als er danach gefragt wird von den römischen Wachen. Er hat einfach Angst, dass es ihm genauso ergehen könnte wie Jesus, wenn bekannt wird, dass er einer seiner treuesten Gefährten gewesen ist. Doch obwohl Petrus diesen größtmöglichen Verrat begeht, glaubt Jesus an ihn und betraut ihn mit der Führung der Gemeinden (vgl. Joh 21,17). Auch das kann man durchaus als Wunder bezeichnen: Gott hört nicht auf – entgegen aller Logik –, Menschen zu vertrauen. Die entscheidende Frage, die Jesus Petrus stellt, ist: »Liebst du mich?« (vgl. Joh 21,15–17). Er fragt nicht, warum Petrus den Verrat begangen hat, wie er ihn, den er doch selbst als Sohn Gottes und Messias bekannt hat (vgl. Mt 16,16), hat verraten können. Jesus fragt nach seinem Herzen, schaut in seine innerste Mitte. Und dort, tief in sich, spürt Petrus, dass er Jesus liebt. Beim Verrat hat er sich von seiner Angst steuern lassen, er wollte sein Leben nicht verlieren. Manchmal handeln wir nicht aus unseren tiefsten Gefühlen und Überzeugungen heraus, sondern lassen uns durcheinanderbringen von unseren Befürchtungen und Sorgen. Die Frage Jesu könnte anders formuliert auch lauten: »Vertraust du mir?« Und weil Petrus spürt, dass Jesus ihm vertraut, kann er sagen: »Ja, Herr, ich liebe dich, ich vertraue dir.« Jesus wagt hier das Wunder, das Unmögliche: Er wagt zu glauben, dass Liebe und Vertrauen stärker sind als der Tod, als alles Zerstörerische. Er hatte es selbst am eigenen Leib erfahren, denn er stellt die Frage an Petrus als der Auferstandene, als der, der den Tod und alle Kräfte, die ihn und seine Botschaft der Liebe zerstören wollten, überwunden hat und lebt.

Vertrauen ineinander und in das, was zusammen möglich ist, ist für den Menschen existenziell. Denn Menschsein ist ein dialogisches Geschehen. Erst in der Beziehung zum anderen erfährt man sich selbst. Für solche Begegnungen braucht es jedoch das Vertrauen, dass der andere gut zu mir ist, dass er mir Gutes will und tut und mich nicht verletzt. Wenn ich einem anderen Menschen mein Innerstes anvertraue, ihm von mir erzähle, braucht es das Vertrauen, dass der andere mir nichts tut, dass er damit gut umgeht, vertrauenswürdig, glaubwürdig ist. Es ist unglaublich verletzend, wenn man erfährt, dass der andere das eigene Vertrauen ausgenutzt hat. Das kann sogar zu traumatischen Erfahrungen führen, deren Spuren sich einprägen und ein Leben lang spürbar bleiben.

Henri Nouwen, niederländischer Priester und Psychologe, beschreibt in einem seiner Bücher eine Erfahrung, die ihn nachhaltig geprägt hat. Er war mit einer Artistenfamilie befreundet. Eines ihrer Kunststücke war, dass einer an einem Seil durch die Luft schwebte, dieses irgendwann losließ, einige Saltos in der Luft vollführte und sich dann von einem anderen Artisten, der auf einer gegenüberliegenden Plattform stand, auffangen ließ. Die Herausforderung dabei war – so erzählt es Nouwen –, dass der, der durch die Luft flog, selbst nichts tun durfte, nicht aktiv nach den Armen und Händen des anderen greifen konnte, sondern sich auffangen lassen musste, damit es gelang. Es brauchte also das absolute Vertrauen – in die Kunst und auch den Willen des anderen. Das Vertrauen, dass der andere einen nicht im Stich lässt und dieses Kunststück nur gemeinsam gelingen kann. Genau wie das Kunststück Leben, wenn ich es denn als eine eigene Kunst sehen will, nur gemeinsam und im Vertrauen gelingen kann. In der Urkirche wurde der Satz geprägt: »Unus christianus, nullus christianus« – ein Christ ist kein Christ. Jesus selbst sendet seine Jünger mindestens zu zweit aus, nie alleine. Zudem sagte er: »Wo zwei oder drei in meinem Namen versammelt sind, da bin ich mitten unter ihnen.« Er weiß um die Kraft der Gemeinschaft, dass man sich gegenseitig stärkt, seine Sorgen und Zweifel teilt, gemeinsam für eine Sache einsteht und unterwegs ist.

In meiner Gemeinschaft erlebe ich es immer wieder als Wunder, dass dieses Miteinander funktioniert. Bei der Größe unserer Abtei gelingt gemeinsames Arbeiten, gemeinsames Beten, Miteinander-Leben nur, wenn alle an einem Strang ziehen und jeder dem anderen vertraut, dass er sich mit seiner Kraft, seinen Begabungen, seinem Glauben ganz einbringt und einsetzt für die gemeinsame Sache. In den letzten vierzig Jahren haben wir viel darüber gelernt, wie das geht: miteinander zu reden, sich auszutauschen, verschiedene Meinungen auszuhalten und in wichtigen Fragen einen Kompromiss zu finden, mit dem alle leben können. Bis dahin war es in den meisten Klöstern so, dass das Gelübde des Gehorsams auch bedeutete, dass der Abt entschied und sich die übrigen Mitglieder zu fügen hatten. Erst in den Siebzigerjahren des letzten Jahrhunderts erkannte man in der Theologie und damit auch in vielen Ordensgemeinschaften die Bedeutung und den Wert von gruppendynamischen Prozessen. Man verstand zum ersten Mal, welche Prozesse in einer Gruppe unbewusst und unerkannt ablaufen und wie diese die Atmosphäre und die Handlungsfähigkeit der Gruppe prägen. Wenn Menschen miteinander sprechen, den Dialog suchen, ist das eine Chance, den anderen mit seiner Geschichte, seiner Entwicklung und Prägung zu verstehen und ihn so, wie er geworden ist, zu akzeptieren und zu respektieren. Das war und ist nicht immer einfach, aber notwendig. Im Lauf der Zeit und in dieser neuen Art von Miteinander ist dann vieles für uns möglich geworden, unter anderem der Aufbau unseres Gäste- und des Recollectiohauses, unsere Jugendarbeit, der Einsatz vieler Mitbrüder in unseren ausländischen Klöstern. All das gelang und gelingt noch immer nur mit einem Vertrauensvorschuss an alle in der Gemeinschaft und der Überzeugung, dass dieses Vertrauen die Grundlage für alle Entscheidungen sein muss.

Manchmal bedeutet das auch, dass man über seinen eigenen Schatten springen muss, dass man sich selbst und die eigenen Befindlichkeiten zurücknimmt und nicht auf sein Recht pocht, sondern die Gemeinschaft, das Miteinander an die erste Stelle setzt. In diesem Zusammenhang fand ich beeindruckend, was ein Mitbruder einmal erzählte: In einer Niederlassung unseres Ordens, in der einige Mönche lebten, waren zwei Mitbrüder miteinander in Streit geraten. Die Situation eskalierte und sorgte für Spannung in der kleinen Gemeinschaft. Der Mitbruder, der den Streit nicht begonnen hatte und daran keine Schuld hatte, wusste aber, dass der andere niemals den ersten Schritt machen und sich bei ihm entschuldigen würde. Also klopfte er selbst bei ihm an die Zellentür und entschuldigte sich. Diese Geste schaffte Frieden – für die beiden und im Haus. Diesem Mitbruder gelang im wahrsten Sinne des Wortes etwas Wunderbares: Er nahm sich zurück und war bereit, die Schuld auf sich zu nehmen, um dem anderen die Möglichkeit zu geben, Frieden zu schließen. Er hat sich überwunden, vielleicht sogar seinen Stolz besiegt, der uns manchmal eine solche Geste nicht erlaubt, weil wir gar nicht schuld sind an der Situation und der andere doch der ist, der den Streit begonnen hat. Weil er den Frieden im Miteinander, in der Gemeinschaft höher schätzte als seinen Stolz und sein Gefühl, im Recht zu sein, gelang es dem Mitbruder aber. Frieden schaffen bedeutet dann auch, dass man gemeinsam weitergeht und einander wieder vertraut, einen neuen Anfang wagt. So wie Jesus mit Petrus.

Dem kleinen Mönch ist genau das gelungen: Vertrauen bewirkte das Wunder des Vertrauens. Der Abt vertraute dem kleinen Mönch, der kleine Mönch Gott und sich selbst und dem Koch, der Koch seinen Künsten. Genau das ist es, was Jesus mit seiner Forderung nach Nächstenliebe ermöglichen möchte (vgl. Mk 12,31). In der Bergpredigt zeigt er, dass er die Spirale der Gewalt durchbrechen will (vgl. Mt 5,39). Denn im verbalen Streit oder einer gewalttätigen Auseinandersetzung gebiert Gewalt nur weitere Gewalt. Nächstenliebe heißt eigentlich: Ich respektiere, das Gott allen Menschen als einer einmaligen Persönlichkeit ein Lebensrecht schenkt und jedem vertraut. Das gilt für mich selbst, aber auch für jeden meiner Mitmenschen. Deshalb ist jeder gehalten, dem anderen zu vertrauen und ihm mit

Respekt und Wertschätzung zu begegnen. Das lebt Jesus vor und ermöglicht durch eine wertschätzende, vertrauensvolle Begegnung die Wandlung des anderen, seine Veränderung. So wie es bei Zachäus geschah, so wie es bei Petrus sichtbar wurde.

Benediktinische Tradition

Nicht aufhören

Das benediktinische Mönchtum hat im Lauf der Jahrhunderte eine große Strahl- und Anziehungskraft entwickelt. Papst Paul VI. ernannte Benedikt sogar zum Schutzpatron Europas. Das tat er wohl auch deshalb, weil er spürte, welche Bedeutung die Regel Benedikts, die er ursprünglich für seine Mönche schrieb, für das Zusammenleben aller Menschen in Europa hatte.

In unserem Gästehaus halten wir heute regelmäßig benediktinische Kurse, unter anderem für Führungskräfte in der Wirtschaft und für Paare. Alle gesellschaftlichen Gruppen und Berufe können von der Weisheit Benedikts lernen. Zu seinen Lebzeiten waren die bestehenden Klöster wie Kasernen organisiert und strukturiert. Es ging soldatisch und militärisch zu. Strenge Kontrolle sowie Befehle, die fraglos auszuführen waren, gehörten zum Alltag der Mönche. Erst im Vergleich mit den Ordensregeln, nach denen die Klöster damals organisiert waren, merkt man, welchen Unterschied die Benediktsregel hier macht. Deren Menschlichkeit und Barmherzigkeit fällt sofort auf. Nach seiner Regel müssen Entscheidungen des Abtes nicht sofort ausgeführt werden, schon gar nicht fraglos. Der Mönch darf nachdenken und auch widersprechen. Er darf Fehler machen und daran wachsen und reifen. Da werden nicht alle über einen Kamm geschoren und müssen gleich funktionieren, sondern Benedikt macht deutlich, dass die Eigenart eines jeden respektiert und wertgeschätzt werden soll. Bis heute ist eine der prägendsten benediktinischen Tugenden das rechte Maß. Bei allem soll es also weder zu wenig noch zu viel sein. Weder das Gebet soll übertrieben werden noch jemand in seiner Arbeit unterfordert werden. Mönche sollen Alkohol trinken dürfen, aber nicht mehr als ein fest gesetztes Maß am Tag. Dazu passt wunderbar die Einsicht Benedikts, dass keiner über sein eigenes Maß hinaus gefordert werden darf, damit »der Bogen nicht bricht«: Wird ein Bogen, auf dessen Sehne ein Pfeil liegt, überspannt, kann er brechen oder die Sehne reißen. Das soll bei den Mönchen im übertragenen Sinn auf jeden Fall vermieden werden. Benedikt sagt sogar, dass man sich die Frage stellen solle, warum gerade ein junger Mitbruder in dieses Kloster gekommen ist. Warum hat Gott gerade ihn geschickt? Was hat dieser junge, vielleicht sogar unerfahrene, noch mit keiner Fachkompetenz ausgestattete Mann den älteren Mönchen zu sagen? Das braucht Vertrauen statt einer Haltung, dass die Weisheit nur mit dem Alter kommt und Jüngere daher in der Gemeinschaft zu schweigen haben.

Solche eingefahrenen oder in der Gesellschaft verbreiteten Ansichten will Benedikt mit seiner Regel aufbrechen. Die Regel, die auf dem Evangelium Jesu basiert, versteht sich als Hinführung zu einem alternativen Leben. In benediktinischen Gemeinschaften ist es gute Tradition, dass es bei den Mahlzeiten am Mittag und Abend eine Tischlesung gibt. Wird am Mittag zu Beginn der Mahlzeit immer ein Abschnitt aus der Heiligen Schrift vorgelesen, so ist es am Abend einer aus der Regel Benedikts. Im Lauf eines Jahres hören wir Mönche die Regel drei Mal ganz. Durch dieses beständige Hören werden die Worte Benedikts uns Mönchen immer wieder in Erinnerung gerufen und bewusst gemacht. Ich werde daran erinnert, was ich als Mönch versprochen habe zu leben. Durch das regelmäßige Hören werde ich und meine Lebensweise stets infrage gestellt und eingeladen, abzugleichen, ob ich mit meiner Art als Mönch zu leben noch nahe an der Regel bin. Ist man lange im Kloster, so wird auch das Leben dort leicht eingefahren, zur Gewohnheit, und nur schwer lässt man von der ein oder anderen Routine. Im Kloster ist es nicht selbstverständlich, dass man den Jungen zutraut, dass Gott durch sie spricht. Auch hier gibt es die Gefahr, dass man sich dem allgemeinen Denken anschließt und meint, die Jungen sollen erstmal ihre Erfahrungen machen und ihre manchmal zu wunderbar erscheinenden Ideen an der Realität messen. Dass alle Mönche sich als Brüder verstehen sollen – und aufeinander hören sollen, einander vertrauen und miteinander Wege finden dürfen, wie Nachfolge heute konkret gelebt werden kann –, bedarf ebenfalls der ständigen Erinnerung. Weil wir Menschen aber gerne dem Eingefahrenen folgen, mitlaufen mit dem Mainstream, nicht selbst zu denken oft bequemer ist und Menschen zur Bequemlichkeit neigen, ist es wichtig, dass Mönche und jeder Mensch, der bewusst leben will, nicht aufhören, sich infrage zu stellen und aufbrechen zu lassen. Und nicht aufhören, das Vertrauen ineinander tagtäglich einzuüben. Letztlich geht es um die Frage: Bin ich noch auf dem Weg? Mühe ich mich noch? Sehe ich die Welt und die Menschen mit den Augen Gottes? Oder habe ich mich durch die Realität schleifen lassen? Habe ich den Glauben und das Vertrauen verloren, dass Wunder geschehen können?

Natürlich ist das eine Herausforderung, weil wir Mönche uns kennen und wir um unsere Schwächen wissen. Wenn jemand in die immer gleichen Fallen tappt, die immer gleichen Fehler geschehen und jegliches Bemühen umsonst erscheint, keine Veränderung sichtbar wird, dann fragt man sich schon manchmal: Kann da noch etwas Gutes kommen? Dann gilt genau das, was Jesus in der Bibel im Gleichnis über den Feigenbaum erzählt (vgl. Lk 13,6-9). Als ein Weinbergsbesitzer nach einem Feigenbaum in seinem Weinberg schaute, der schon drei Jahre keine Früchte trug, sagte er zu dem Gärtner: »Hau ihn um! Was soll er weiter dem Boden seine Kraft nehmen?« Darauf antwortete der Gärtner: »Herr, lass ihn dieses Jahr noch stehen; ich will den Boden um ihn herum aufgraben und düngen. Vielleicht trägt er doch noch Früchte; wenn nicht, dann lass ihn umhauen.«

Ich glaube, dass es mit dieser Haltung, dass ich die Hoffnung nicht aufgebe und verliere, möglich ist, Vertrauen zu lernen. Menschen fragen mich das immer wieder: Wie kann ich das lernen? Wie geht das, gerade wenn ich schon oft enttäuscht worden bin? Wenn ich selbst an mir nicht verzweifeln muss, an meinen eigenen Schwächen und Fehlern, weil Gott mit mir barmherzig ist, dann ist das eine Haltung, die auch für den anderen gelten darf. Was ich mir für mich selbst wünsche, das muss auch für meinen Nächsten, meinen Mitbruder, meinen Mitmenschen gelten.

Als ein jüngerer Mitbruder kürzlich die Leitung unseres Gästehauses übernahm, war es ihm ein Anliegen, dass wir uns miteinander – das Personal im Büro, im Housekeeping, in der Küche, die Mitbrüder im Team – weiterentwickeln. Dazu gehörte auch die Frage, welche benediktinischen Werte uns jetzt wichtig sind, zu leben, zu gestalten, den Gästen zu vermitteln. Wesentlich und benediktinisch ist hier die Gastfreundschaft. Uns wurde neu und vielleicht erstmalig bewusst, dass das Wort Benedikts, die Mönche sollten einander in unerschöpflicher Geduld ertragen, natürlich auch für die Gäste gilt. Es kann schon mal sein, dass einem im alltäglichen Geschehen der Geduldsfaden reißt, man an seine Grenzen kommt. Aber es gilt eben auch dann größtmögliche Gelassenheit zu bewahren und den Gast, den konkreten Menschen mit seinen Sorgen und Nöten so anzunehmen, wie er zu uns kommt, und darauf zu vertrauen, dass es für ihn jetzt gut und wichtig ist, bei uns zu sein. Im Letzten heißt dies, dass wir darauf vertrauen, dass Gott genau diesen Menschen zu uns gesandt hat. Auch, damit wir etwas durch ihn lernen.

Das gilt auch für uns Mönche. Wir sind hier in der Abtei ja keine Wohngemeinschaft im studentischen Sinn. Das soll heißen: Wir haben uns einander nicht ausgesucht und sind nicht zusammengezogen, weil wir uns alle so toll finden. Vielmehr sind wir der Überzeugung: Jeder ist hier, weil

Gott ihn an diesen Ort gerufen hat. Jeder hat diesem Ruf vertraut. Jeder hat Gott vertraut. Aber niemand ist perfekt. Jeder hat seine Macken, seine Fehler. Daher geht es auch nicht immer himmlisch harmonisch bei uns zu, sondern gibt es Dissens und Streit. Wie oben schon gesagt, antwortet Jesus im Evangelium auf die Frage, wie oft man einem Bruder vergeben solle: »Ich sage dir, nicht sieben Mal, sondern siebzig Mal sieben Mal« (Mt 18,21). Also: unendlich oft. Das macht aber auch deutlich, dass ich nicht hingehen kann und anderen einen gütigen und vergebenden Gott predige, wenn ich selbst nicht danach handele und andere mit Missachtung strafe, ihnen Vertrauen entziehe, sie fallen lasse. Genau das sagt Jesus in dem Gleichnis vom König und seinen Knechten (Mt 18,21–35), in dem ein König seinem Knecht Schulden erlässt, weil dieser ihn darum bittet. Der Knecht selbst tut dies dann aber nicht, als einer seiner Schuldner ihn um das Gleiche bittet. Das kritisiert Jesus entschieden. Menschen Vertrauen zu schenken, bedeutet, sie in gewisser Weise freizulassen, ihnen Freiraum zu geben. Und damit auch einen Gestaltungsspielraum. Ich stelle das, was sie mir sagen, nicht infrage, sondern glaube ihnen. Und ich gebe sie in dem Sinn frei, dass ich darauf vertraue, dass sie selbst am besten wissen, was gut für sie ist, was sie brauchen, um glücklich zu sein.

Ganz anders erlebte ich das bei einer Frau, die sich mir anvertraute. Ihr Mann kontrollierte sie ständig, wollte wissen, wann sie wo ist, rief die Menschen an, zu denen sie gehen wollte, und fragte sie, ob seine Frau wirklich da sei. Für sie war das wie ein goldener Käfig, in dem sie keinen Gestaltungsspielraum, geschweige die Möglichkeit zur freien Entfaltung hatte. Das »Gold« in diesem Leben war für die Frau die wirtschaftliche Sicherheit, die ihr Mann ihr gab. Als sie zufällig ihre Jugendliebe wiedertraf, brach ihre Sehnsucht nach Lebendigkeit und Freiheit auf und sie ahnte, wie anders sie leben könnte, was es bedeutet, wie es sich anfühlt, wenn ein anderer einem Vertrauen schenkt. Ein inneres Ringen begann und sie entschied sich für die Beziehung zu ihrem Mann, die ihr trotz allem wichtig war. Aber dies nicht ohne die Absicht, den Dialog mit ihm zu suchen und Änderungen einzufordern.

Eltern neigen heute ebenfalls dazu, ihre Kinder in ähnlicher Weise zu kontrollieren – häufig, weil sie zunächst einmal Angst haben, dass ihnen etwas zustößt. Da gibt es zum Beispiel Uhren, die den Schulweg eingespeichert haben, und die Eltern können so sehen, wo ihre Kinder gerade sind und ob sie sicher in der Schule angekommen sind. Es gibt Eltern, die die Schulleitung dazu bewegen wollten, sie jeden Morgen anzurufen, wenn ihre Kinder in der Schule angekommen sind. Eine Mutter erzählte mir von anderen, die sich schon anfangen Sorgen zu machen, wenn ihre jugendlichen Kinder nicht pünktlichst zu Hause sind, zum Beispiel nach einem Kinobesuch. Sie meinte: »Und wenn sie eine Stunde später nach Hause kommen, weil sie gebummelt haben, dann kommen sie eben später nach Hause.« Es scheint, als ob man alle Gefahren vermeiden und die Kinder in Watte packen wollte. So können sie aber kein Vertrauen entwickeln, weder in sich selbst noch in das Leben. Es wird ihnen zudem schwerfallen, neugierig auf das Leben und die Welt zu sein, weil sie diese immer als feindlich oder potenziell gefährlich erleben. Es wird für sie nicht einfach sein, anderen zu vertrauen, wenn sie stets Misstrauen erleben und Kontrolle.

Papst Johannes XXIII. schrieb einmal in seinem Tagebuch, man solle sich vorstellen, dass Gott für jeden Menschen so Sorge trägt, als sei er der einzige auf der Welt. So wichtig sei Gott jeder Einzelne. Ihm würde etwas fehlen, wenn einer der vielen Menschen nicht da wäre. So sehr liebt und kümmert er sich, so sehr vertraut er uns, dass wir seine Erde erhalten und gestalten. Das bedeutet aber auch: Ohne mich geht es nicht auf der Erde und auch nicht ohne meine Mitmenschen, ohne jeden Einzelnen von ihnen. Wertschätzende Begegnung gelingt nur, wenn ich auch mich selbst wertschätze. Es ist das Gesetz der Nächstenliebe: »Liebe deinen Nächsten wie dich selbst« (Mk 12,31).

Etwas, das ich mir selbst nicht gönne, werde ich auch keinem anderen gönnen.

Die große Frage ist, wie ein solches Miteinander gelingen kann in einer Welt, die, schaut man in die Nachrichten und die Entwicklungen der letzten Zeit, immer mehr von Misstrauen, blutigen Konflikten, Kontrolle und Radikalisierungen geprägt zu sein scheint. Vielleicht hilft nur, dass ich bei mir selbst beginne und frage, wie es um mein Vertrauen bestellt ist, um meine Bereitschaft, mitzugestalten, nicht zu verzweifeln, den Kopf in den Sand zu stecken und zu denken, dass die ganze Menschheit eine Fehlkonstruktion Gottes ist. Gott hätte längst allen Grund gehabt, das »Experiment Erde« mit uns Menschen zu beenden. Manche stellen sogar die Frage, ob es der Erde ohne den Menschen nicht besser gehen würde. Gott aber hat die Beziehung mit uns bis heute aufrechterhalten und gibt uns mit jedem neuen Tag, mit jedem Sonnenaufgang eine neue Chance.

Bezogen auf Liebende habe ich in meiner Jugend mal den Satz gehört: »Ich möchte nie aufhören, mit dir anzufangen, und nie anfangen, mit dir aufzuhören.« Vielleicht ist das ein Satz, den wir Gott in den Mund legen und den wir anderen sagen dürfen in Bezug auf unsere Bereitschaft, mit Vertrauen und im Vertrauen zu leben. Ich persönlich bin überzeugt: Vertrauen ist gut – und unsere einzige Chance. In der Hoffnung, dass Wunder geschehen.

»Da trat Petrus zu ihm und fragte: ›Herr, wie oft muss ich meinem Bruder vergeben, wenn er gegen mich sündigt? Bis zu sieben Mal?‹ Jesus sagte zu ihm: ›Ich sage dir nicht: Bis zu sieben Mal, sondern bis zu siebzig Mal sieben Mal.‹«

Matthäus 18,21–27

»Vertrauen bedeutet, den ersten Schritt zu tun, auch wenn du die Treppe noch nicht ganz sehen kannst.«

Martin Luther King

»Misstrauen ist ein Zeichen von Schwäche.«

Mahatma Gandhi

»Der Friede muss sich auf der Grundlage gegenseitigen Vertrauens entwickeln.«

Dalai Lama

»Nach einem Streit noch vor Sonnenuntergang zum Frieden zurückkehren.«

Regel Benedikts 4,73

Fragen

Welche »Wunder« hast du schon in deinem Leben erlebt? Vielleicht oder gerade im zwischenmenschlichen Bereich?

Wo hat das Zutrauen eines anderen bewirkt, dass du dir selbst vertraut hast und du so etwas in deinem Leben geschafft hast, das neu war, das du bisher noch nicht erlebt hattest?

Übungen

Bitte deinen Partner, einen Kollegen, deinen besten Freund folgende Übung mit dir zu machen: Du stellst dich vor den anderen, sodass er deinen Rücken vor Augen hat. Schließe die Augen und kreuze deine Arme über der Brust. Dann lass dich nach hinten fallen; dein Partner, deine Partnerin fängt dich auf – in dem Moment, in dem du dich fallen lässt. Vertraue darauf, dass er oder sie genau das auch tut. Solltest du spüren, dass du dich beim ersten Mal nicht fallen lassen konntest, kannst du die Übung wiederholen. Und die Rollen wechseln. Wenn du der oder die Fangende bist, achte darauf, wie du es wahrnimmst, dass der oder die Fallende dir vertraut und du dem oder der anderen das Gefühl gibst, dir vertrauen zu können.

Überlege, inwieweit auch du manchmal ein »Helikopter« bist, ob als Vater oder Mutter, als Chefin, als Partner. Wo kontrollierst du? Überlege einmal, was der Grund für deine Kontrolle ist. Was kannst du nur schwer loslassen? Was würde passieren, wenn du nicht mehr kontrollierst?

Einige Ideen, wie du dich und andere vom »Helikoptern« befreien kannst:

- Versuche einmal, deine Kinder nicht zu fragen, wo sie gerade sind oder wo sie waren und was sie tun. Versuche dir zu sagen: Wenn etwas passiert, werde ich informiert, wenn ich nichts höre, ist alles okay.

- Anstatt der Kontrolluhr am Arm kannst du deinen Kindern morgens ein Kreuzzeichen auf die Stirn zeichnen oder ihnen ein Schutzengelsymbol mitgeben oder ein anderes Glückssymbol, das ihnen zeigt, dass sie behütet sind und du ihnen vertraust, dass sie an diesem Tag ihren Weg gehen werden. Wünsche ihnen einen wunderbaren Tag und sag ihnen, dass du dich freust, wenn sie später zurückkommen. Gleiches kannst du mit Erwachsenen, zum Beispiel deinem Partner, deiner Partnerin tun.

- Organisiere für deine Firma, deine Angestellten, dein Team einen Teamtag. Einen, der das gegenseitige Vertrauen zum Ausdruck bringt und stärkt. Fahrt in einen

Klettergarten, in dem auch Teamübungen angeboten werden und gegenseitiges Vertrauen gefragt ist. Verbringt einen zwanglosen Tag zusammen, an dem ihr euch neu kennen-, den anderen verstehen und schätzen lernt – wenn ihr zum Beispiel zusammen wandert oder einen Grillabend macht.

**Bibliografische Information
der Deutschen Nationalbibliothek**

Die Deutsche Nationalbibliothek verzeichnet diese Publikation in der Deutschen Nationalbibliografie. Detaillierte bibliografische Daten sind im Internet über http://dnb.d-nb.de abrufbar.

Ohne Folie
Für unsere Umwelt

in Deutschland produziert

MIX
Papier | Fördert gute Waldnutzung
FSC® C014889
FSC
www.fsc.org

1. Auflage 2022

Lektorat: Marlene Fritsch
Illustrationen: Elli Bruder
Gestaltung: Matthias E. Gahr
Druck und Bindung: Pustet, Regensburg
ISBN 978-3-7365-0457-8

www.vier-tuerme-verlag.de